WHEN THINGS DON'T GO YOUR WAY

疲れたこころの処方箋

禅思考で毎日が楽になる

ヘミン・スニム

KADOKAWA

はじめに

寂しい中年の男が小さな村に一人で暮らしていました。ある日ノックの音がしたので扉を開けてみると、天女のような衣装を身にまとい、宝石で飾られた息をのむほど優美な女性が立っていました。その美しさと芳しい香りにうっとりして、男はていねいに、「どなたですか」と尋ねました。女性は、「私は吉祥天です。あなたに大いなる繁栄と成功と愛を授けるために来ました」と答えました。男はこの言葉に大喜びして、すぐに女神を家に招き入れ、ご馳走を準備しました。

少したつと、ふたたびノックの音がしました。扉を開けると、今度はみすぼらしい身なりで悪臭を放つ女性が立っていました。男はなんの用かと聞きました。女性は、「私は黒闇天です。あなたの人生に貧困と失敗と孤独をもたらすために来ました」と答えました。この言葉を聞いて震え上がった男は、すぐに出て行ってくださいと頼みました。しかし女神は言いました。「私は双子の姉の行くところにはどこへでも一緒に行きます。姉にここにいてほしいなら、私も招き入れなくてはいけません」。男は吉祥天に、「それは本当ですか」と聞きました。彼女はうなずいて答えました。

「私たちは二人で一つです。どちらか一方だけを迎え入れることはできません」

『涅槃経《ねはんぎょう》』に出てくるこの物語は、幸運がしばしば思いがけない失望と苦労につながることを表しています。人生にいいことばかり起きてほしいと願っても、逆境に遭遇することは避けられません。

しかし、こうした試練は決して無意味ではありません。それらは大切な自己発見の機会となって、あなたを感情的な成熟と精神的な成長に導いてくれるでしょう。どれだけ成熟し、成長できるかは、しばしば私たちが直面する状況の厳しさに比例します。私たちは経験する痛みを通じて、忍耐と勇気、思いやり、誠実さを学びます。

この本は、私に深い内省と人生への感謝をもたらしたさまざまな困難と試練の経験を書きつづったものです。私が感情的につらい思いをした時期に焦点を当てた6つの章に、それぞれ私の経験とアドバイスを盛り込んだエッセイを載せました。

また、エッセイと並んで、私が思いがけない気づきを得た瞬間や、痛い思いをした経験を踏まえた短い洞察に満ちた言葉を集めました。私の思いをつづったこの本が、人生で困難にぶつかった方々に慰めと希望と勇気をもたらすよう願っています。

あなた方の旅が愛と優しさ、そして数多くの小さな悟りの瞬間に恵まれるよう祈ります。

ヘミン・スニム

本書の読み方

・本書は項目ごとに、前半にエッセイ、後半にそれにまつわる名言が掲載されています。エッセイは背景が白色、名言は背景がオレンジ色です。

・エッセイ部分は韓国の禅僧である著者自身の経験をもとにつづられています。最初の章から通して読んでも、気になる章から読んでも、あるいはパッと開いたページの名言だけを読んでも構いません。何度でも繰り返し読んでください。

・名言については著者自身の言葉と、偉人や著名人の言葉があり、後者については太字で表現をしています。

CONTENTS

第4章 寂しさに襲われたとき

第5章 不安に苦しむとき

第6章

まだ悟りが訪れないとき

Staff
装丁／本文デザイン…市川さつき
イラスト…もんくみこ
DTP…NOAH
校正…麦秋アートセンター
翻訳…大間知知子
翻訳協力…株式会社トランネット（https://www.trannet.co.jp/）

第 1 章

思いどおりに いかないとき

大丈夫なふりをしないで

あなたはつらい気持ちを抱えたとき、そのままじっとしていられますか？　その気持ちからいち早く逃れようとするのではなく、つらさに耐えながら、それが心に広がっていくままにしておけるでしょうか。

もちろんそれは、つらい感情から逃れようとする本能にそむくことです。しかし、ほんの少しでいいからその本能を抑えて、あなたの心の空間にそのつらい気持ちが満ちてくるままにしてみてください。たとえば失望、悲しみ、傷心をあえてそのままにしておけばどうなるでしょうか。そんな感情を持つ自分を責めたり、気を紛らわせたりしようとせずに、**自分の気持ちにまっすぐ向き合って、先入観も抵抗も捨てて、不快な気持ちをじっくり観察したら何が起きるでしょうか**。

かくいう私も、長いあいだ最もつらい感情は「見捨てられる不安」でした。夕食の約束を直前になってキャンセルされて、思いがけずひとりぼっちで夜を過ごすことになったり、友人にメールを送って24時間以内に返信がなかったりすると、見捨てられる不安が頭をもたげてきました。まるで誰も守ってくれない広い野原に置き去りにされたかのように、孤独と不安に苦しむのです。

そして私はたびたび恐ろしい想像をしました。なんの予告もなく人々に見捨てられるというのがその一つです。ふとした拍子にどうしようもない虚しさにとらわれて、飲み込まれそうにもなりました。それから必死に安心と結びつきを求めながら、この不愉快な感情から逃れる方法を探したものです。

禅の修行をしてもなお、心の痛みに苦しむことはある

私は中年の男性で、禅の指導者でもあるので、こんなことを打ち明けるのは少し気まずい思いがします。しかし、過去の多くの精神的指導者と同様に、私の修行の旅もまた、きわめて個人的な心の痛みがあったからこそ始まったのです。**何年間も瞑想をしてきたあとでさえ、両親に愛されて健やかに育った私が、なぜこんなにも見捨てられる不安を感じるのか不思議でなりませんでした。**

じつは私の数冊の著書が韓国で評判になったあと、この見捨てられる不安はいっそうひどくなりました。いつか人々が永遠に私に背を向けるのではないかと心配でたまらなくなったのです。そして驚いたことに、実際にそのとおりのことが起こったのです。

2020年の冬、私は著名人の日常生活を追う韓国のテレビ番組への出演を引き受けました。年老いた両親と暮らす家で、私はいつものように、朝の瞑想と祈りで一日を始めました。その小さな家は、私が両親のために著書の印税で買ったもので、家の所有権は私が所属する仏教教団に移していました。

ところがその番組が放送されると、数人の人々が韓国での僧侶の暮らしの現実を知りもせずに、「ものを持たない」という仏教の理念を実践していないと私を非難しました。私たち僧侶には年金もなければ住居の保証もありません。僧侶のほとんどは自分で暮らしを立てなければならないにもかかわらず、です。

インターネットでぜいたくな家だと噂が広がると、私がフェラーリを所有していると言う人まで現れました。実際はこの家はどう見てもささやかなもので、私は運転免許さえ持っていません。この状況には驚くほかありませんでした。その上、韓国でよく知られた作家でもある高僧が、私への批判を立て続けにSNSに投稿し、私を「寄生虫」、そして「真の」仏教をまったく知らない「芸人」と罵倒したのです。それから数日間、韓国の主要な報道機関はこぞってこの投稿をトップニュースの一つとして扱い、私と彼を公開の場で討論させて、さらにセンセーショナルな記事にしたがっているようでした。私が反応を示さずにいると、数えきれないほどの人たちが、あの高僧がしたように私をネット上で非難し始めました。

人生はこれまでにたくさんの酸っぱいレモンのようなつらい経験を私に与えてきました。しかし今度という今度は、そのレモンからレモネードを作って自分の糧とするには、レモンが多すぎました。私はショックを受け、打ちのめされ、深く傷つきました。**私が最も恐れていた悪夢が現実になった**のです。私は同門の僧と、私の本を気に入ってくれていた人たちに裏切られたと思いました。皮肉なことに、「傷ついた人のための学校」という名の学校を作った私が、切実に癒やしを求める身になったのです。

禅の修行はネガティブな感情を消すこと？

禅僧として修行の旅に踏み出したばかりの頃、私は禅とは道徳的な完璧さを目指す道であり、修行する者は怒りや憎しみ、恐れ、愛着といったあらゆる負の感情を消し去らなければならないのだと単純に想像していました。結果的に私はそうした感情を超越したふりをしながら、無意識に抑えつけてしまったのです。

しかし、修行の旅を進めるにつれて、もっと賢明な道が見つかりました。それは暗く好ましくない部分を含む私自身のあらゆる面を受け入れるという道です。悟りとは、感情の問題や心の傷から目をそむけているあいだに得られるのだと考えていましたが、それは間違いでした。**解消できない感情の問題と癒えない心の傷には、悟りに**

たどり着く前に学ぶ必要がある大切な教えが含まれていると気づいたのです。

しばらくたって、親しい友人や家族から、私がこの最悪の時期をどうやってやり過ごしたのかと聞かれました。最初は、「思ったより平気だった」と答えました。しかし、それは事実ではありませんでした。私の心は麻痺し、どうしたらいいかわからなくなっていたのです。この時期は私の修行にとってまぎれもない試練でした。

そこで、**私は無理して気を楽にしようとせず、大丈夫なふりをしなくてもいいのだと自分に言い聞かせました**。つらい気持ちを受け入れて、この時期をあるがままに見ようと決めました。実際にあるものを変えようとしたり、それから逃げ出したりしないで、あえてそのまま感じようとしました。

自分がまだ理解していない感情を受け入れる余裕を持つと、すぐに体の中に怒りのエネルギーがあることに気づきました。それは燃え盛る炎のようで、とりわけ胸と喉のあたりに感じられます。私は部屋の中で叫び、この怒りを表に出すために日記を書きました。さらにダンスセラピーを受け、登山をし、信頼できる友人に気持ちを打ち明けました。そうして1～2カ月かけて自分の怒りを大切に受け止めていくと、私は深い嘆きと悲しみを感じること、自分の中で死んでしまったように感じていた部分にきちんと目を向けることができるようになりました。

私の中に封じ込められていたあらゆる感情が、あふれる涙とともに解き放たれるに任せたのです。怒り、孤独、涙の段階を通り抜けて、ようやく私は自分の感情の根本にあるものを見つけました。それは「恐れ」です。

答えは自分の心の中にある

私は日記の中で、自らの恐れに向き合い、私は何を怖がっているのかと自分自身に問いかけました。最初の答えはこうです。「私は私を頼りにしている人たち、たとえば年老いた両親や弟子、そしてその家族の暮らしを支えられないことが怖い」。続いて私は、私が本当に恐れているものは何かと尋ねました。一瞬の間があって、日記を書いているあいだに、突然子ども時代の思い出がよみがえってきました。

私はまだ幼く、広い市場で必死に母親を捜し回っていました。気が動転して、死ぬほどおびえていました。泣きじゃくっていると、数人の大人が近づいてきて、「お母さんはどこ？　迷子なの？」と聞きました。すると見ず知らずの年老いた女性が私の手をつかんで、お母さんのところに連れて行ってあげると言います。私はしぶしぶその女性についていきました。彼女の家に着くと、怖そうな男がいるだけで、母親の姿はありません。恐ろしいことが起きそうな気がして、私は開けっ放しのドアから飛び出し、市場まで懸命に走りました。しばらく市場の中を走り回って、ようやく私を必死に捜している母親を見つけました。

ここで私が見捨てられる不安をずっと抱えていた理由がやっとわかりました。心の中で抑え込んでいた幼い頃のトラウマに原因があったのです。長いあいだ私は安心の源から引き離されておびえるインナーチャイルドから目をそらし続けてきました。私が感じていた暗い虚しさは、母親と離れ離れになったあの小さな男の子が放り出された世界の象徴だったのです。

そのとき、テレビ番組から引き起こされた恐ろしい体験をしなければならなかった理由がわかりました。それはあの小さな男の子を見つけ出して、あまりに怖かったせいで——あの瞬間まで——意識するのを避けていた私の一部を受け入れるための旅の過程の一つだったのです。私は深く息を吸って、あの小さな男の子に語りかけました。「やっと見つけた。これからはずっと一緒にいて、絶対に置いていかない。ありのままの君を受け入れて、心から君を愛するよ」

ネガティブな気持ちも抱きしめたままでいい

人生の中で、ものごとは往々にして期待どおりにはいかないものです。望ましくない結果になったとき、私たちはしばしばつらい気持ちを味わいます。もし今まさにそれがあなたの身に降りかかっているなら、その嵐がどれほど恐ろしくても、あなたは切り抜けられると知ってほしい。**あなたは今自分が感じているよりも強く、思っているよりも賢明なのです。**

嵐が収まっても（そして嵐は必ず過ぎ去りますが）、すぐに立ち上がって元の場所に戻ろうとする必要はありません。あなたが今感じている気持ちを抱えたまま、うずくまる時間を自分に与えてください。**自分の感情に時間と場所を与えてやれば、あなたはそれらに楽に対処して、自分に問いかけることができます。**「私は今何を感じている？」「私の感情は何を私に告げようとしている？」「この経験から何を学んだ？」批判するためでなく、ただ知るためにこれらの質問を投げかければ、自分自身についてさらに深い真実にたどり着くでしょう。

こうすることで私たちは心が落ち着き、衝動的に反応せず、賢明に対応できるようになります。挫折にどう対処するかによって、私たちは自分が本当はどんな人間なのかをあらためて見直すことができます。最高の物語とは、すべてが期待どおりにうまくいく物語ではありません。困難を克服し、失敗から立ち直る物語こそなによりもすばらしいということを忘れないでください。

私たちは自分の人生の本をまだ書き終わっていませんよね。どうか後悔のない有意義な物語を書いてください。

人生の最大の栄光は
決して倒れないことではなく、
倒れるたびに立ち上がることにある。
――ネルソン・マンデラ（政治家・弁護士）

痛みを喜んで受け入れましょう。
それはあなたに真実を見せてくれるから。
失敗を甘んじて受け入れましょう。
それは成長を促してくれるから。
内なるカオスを大切にしましょう。
それは自己の発見につながるから。

痛みは人生の教訓を授けてくれますが、
喜びにはそれができません。

あなたは今、ひとりぼっちでどうしたらいいかわからないでいるでしょう。
しかし、深い絶望の中にいるときでさえ、
あなたを導く愛があります。
私は決してあなたを見捨てません。

闇が星々の存在を示してくれるように、
真の友人は
あなたの人生の最悪のときに明らかになります。

暗い映画館で転んだときは、
立ち上がる前に、暗がりに目を慣らす時間を取りましょう。
同じく、人生があなたを打ちのめしたら、
自分の感情を整理する時間を取って、
目の前に道が開けるまで待ちましょう。

心の痛みは理解をすれば
受け入れられるものです。

感情に対処するということは、感情の存在を認めて、
原因を解き明かし、その感情が意味するものを理解すること。
そうすれば知らないうちに感情に支配されず、
うまく感情と向き合えるようになっていきます。

人の言葉にたやすく傷つく必要はありません。
他人が言うことは
しばしばその人自身の感情と経験を反映しているだけで、
あなたに対する客観的な評価ではないからです。

誰かを批判するとき、
あなたはその人を見定めているのではなく、
自分自身を見定めている。
——ウエイン・W・ダイアー（作家）

いつも他人の問題について話していると、
その周波数に共鳴してしまい、
それらの問題を自分の人生に引き寄せてしまうでしょう。

あなたが自分をさらけ出すのを、勇気があると考える人もいれば、
感情的すぎると思う人もいる。
あなたがはっきりものを言うのを、カリスマ性があると考える人もいれば、
自分勝手で横暴だと感じる人もいる。
あなたの活発な人柄を面白いと思う人もいれば、
うるさくて軽薄だと考える人もいる。
みんなに好かれようとするのは意味がないと覚えておきましょう。

批判を避ける唯一の方法は
何もせず、何も言わず、何者にもならないことだ。
――エルバート・ハバード（作家）

嫌われても気にしないで。
あなたが何をしようと、
あなたを気に入らない人は必ずいるものです。
だから批判と拒絶を恐れず、
自分の価値観と欲求に基づいた選択をして、
自分に嘘をつかない生き方をしましょう。

あなたの価値を誰かに肯定してもらう必要はありません。
本当の自分を探す旅をして
自分で自分を肯定してください。
自分が成し遂げたことと強みを思い出して。
あなたの優しさと創造力に自信を持ちましょう。
あなたの本当の欲求と価値観を理解してください。
他人の意見に左右されない
自尊心を育てましょう。

私は自分が好きなのです。
柔和で思いやりのあるこの内なる存在が。
ほかの誰かの幸福をいつも気にかけ、
その人たちが愛され、守られていてほしいと願っている自分が。

自己嫌悪に陥る確実な道は
自分自身の欲求と願望から目をそらして
他人から承認されるために
自分ではない誰かのふりをすることです。

あなたが人から拒絶されるのを恐れるあまり、
自分以外の誰かの欲求を優先してしまうなら、
自分自身の幸福のために
自分が何を求めているのかを考えるだけでなく、
その思いを人に伝える必要があります。

人は光の姿を想像することによってではなく、
闇を意識させることによって
啓発される。
――カール・ユング（精神科医・心理学者）

あなたがほかの誰かに見つける欠点は、
じつはあなたが無意識に否定してきた
自分自身の中の葛藤と受け入れたくない部分です。
それらを表に出して、自分の一部として受け入れないかぎり、
あなたの人生から癪に障る人がいなくなることはありません。

私を愛せますか、私のすべてを。
あなたを笑顔にする私の一部だけでなく、
私が見せるのを恐れている部分も。

修行の究極の目標が
無条件の心の平安だとしたら、その道のりは
自分を高める道ではなく、
受け入れる道です。

ものごとをあるがままに受け入れれば、
抵抗は収まって、平穏が生まれます。
そのとき、平穏を得るのは
孤立したばらばらな「私」ではありません。
平穏の中で「私」は必要ありません。
平穏の中で「私」は消えます。

内側の静けさと外側の静けさ。
一つの分かちがたい静けさが
宇宙に広がっています。

悟りは
意識の底で世界と融和できたということ。
そのとき、人は世界から切り離された存在ではなくなるのです。

沈黙を学んで以来、
世界はずっと身近になった。
——ライナー・マリア・リルケ（詩人）

なぜ幸せになれないの？

その問いの答えはとても簡単です。**私たちが幸せになれないのは、「現状を受け入れられないから」です。**私たちは今ここにあるものでは満足できません。魅力的なものや心地いいものを見ると、心が騒ぎます。新しいものに引かれて、近寄って触れたくなります。できれば自分のものにして、好きなように使いたいと思います。仏陀《ブッダ》はこの限りない欲求を「貪欲《とんよく》」と呼びました。心が貪るように何かを求めていると、それが手に入るまでは満足しないのです。常に足りないと感じ、心は落ち着かず、満たされません。

逆に、気に入らないものや不愉快なものがあると、私たちの心はそこから逃げて、できるだけ関わるまいとします。向き合わなければならないとしても、少しでも短い時間ですませようとします。「貪欲」とは反対のこの心の状態は、「抵抗」です。抵抗すればするほど、現状を受け入れるのは難しくなります。私たちはますます不安になり、現状から逃れられないために怒りさえ感じます。現代の心理学では、この精神的な抵抗を「ストレス」と呼びます。ストレスを感じているとき、私たちはほとんどいつも何かに――人やもの、状況に――抵抗しているのです。

みじめな思いをさせるものに抵抗するなとは言いません。ただ、ストレスを感じさせる原因は、「人やもの、あるいは状況そのものではない」と知ってほしいのです。たとえばある人が本質的に不愉快な人だとしたら、あなただけでなく誰もが不愉快だと思うはずです。しかし、ある人をどの程度不愉快に感じるかは、人によってまちまちです。私にとって癪《しゃく》に障る人でも、私の友人から見れば好人物かもしれません。

では、私たちが不幸になる本当の原因は何でしょうか。私の考えでは、**問題はいつも心が何かに向かってせわしなく動いていること**です。心があっちへ行ったりこっちへ行ったりする――持っていないものを貪欲に求め、持っているものに抵抗する――かぎり、いつまでも葛藤とせわしなさから抜け出せません。現状に不満と問題を見つけると、心は緊張します。するとリラックスして率直になり、ものごとを受け入れ、自分を認めることができなくなります。心を内面に向けて、現状から逃げ出そうとする癖に気づいてください。そうしないと心はいつも内面の痛みを自分以外のせいにして、あるものから別のものへとさまよい続けるしかありません。そのような心は、人やもの、あるいは状況が自分に都合よく変わるべきだと考えます。なぜならその心にとって、望ましい変化は単に一つのよりよい合理的な選択肢ではなく、考えられる唯一の正しい変化だからです。

「不幸せと感じるのが悪いことだ」と言うつもりはありません。自分のまわりで起きている出来事を解釈してどう感じるかを決めるのは、仲介者である「心」です。経験それ自体は本質的によくも悪くもありません。ただ経験があるだけです。しかし私たちの心はすぐにものごとが快適か不快かを解釈します。人は過去の経験によってそれぞれ違う人間になるので、当然ながら同じ経験をしても、人によって解釈はまったく異なります。

だとすれば、心が貪欲に何かを求めたり抵抗したりするのをやめて、穏やかで満たされているためにはどうすればいいでしょうか。感情をコントロールして、落ち着いてものごとを受け入れるための習慣はあるでしょうか。

幸せを感じられるようになるために大切な二つの習慣

せわしなくさまよう心の癖を抑える最もよく知られた習慣は、「感謝」です。感謝しているとき、私たちは自分が持っていないものや、持てたかもしれないものについて考えません。そうすれば今ここにないものをほしがる貪欲な心の癖をやめられます。

同時に、感謝する心は開放的で柔軟になり、今ここにあるものに抵抗する心の癖もやめられます。過去に起きた出来事を喜び、今すでに持っているものに感謝すれば、心は落ち着いて穏やかになります。そして批判的な考えや不平不満や自己主張でいっぱいの抵抗する心から脱け出せます。心が感謝で満たされていれば、ネガティブな考えが入り込む余地はほとんどありません。

感謝の気持ちを持てば、健康、仕事、家庭、衣服、いい天気など、自分が運よく持っているものだけでなく、快適に暮らすために誰かが与えてくれたものもありがたく思えます。たとえば親からの継続的な支え、友人の気のきいたユーモア、パートナーの温かいハグなどです。どれだけ人に拒絶されてもくじけなかった自分、胸が張り裂けるような悲しみのあとで立ち直った自分にも「ありがとう」と言えるようになります。感謝の気持ちを持てば持つほど、今持っているものを大切に思い、感謝するでしょう。

感謝の気持ちを持つためには、感謝したいことを一日に3～5つ見つけて、自分自身か「感謝の友」に伝えること。「感謝の友」とは、感謝したい出来事を伝え合う仲間です。もう一つの方法は、きれいな小石を拾って家の中の目につく場所に置いておくことです。小石を見るたびに、そのときに感謝したいものを心の中で一つ探してください。感謝するたびに写真を撮って、友人や家族に見せてもいいでしょう。レストランやスーパー、コーヒーショップ、ガソリンスタンド、あるいはバスや電車であなたのために働いてくれた人たちに、こっそりと、あるいは大きな声で、「ありがとう」と言ってみましょう。

満足できない心の癖を直すもう一つの方法は、**いやなことがあっても心から受け入れること**です。幸せは今の状況によってではなく、状況にどう反応するかによって決まります。だから抵抗しようとするのではなく、意識的に受け入れようとすれば、苦しみを減らせます。**不愉快な状況を、あってはならない異常事態だと考えるのではなく、日常のありふれた景色の一部だと考えましょう**。つらい状況が起きないように祈るのではなく、起きるものだと考えて、進んで受け入れるのです。そうすればつらい状況になっても驚いたり慌てたりする必要がありません。今もこれからも、そんな状況が人生にはつきものだとわかっているからです。

具体的な習慣として、朝、歯を磨いたり顔を洗ったりするときに1分かけて自分の心に2、3回、こう命じてください。「不愉快をもたらしてください。私は喜んで受け入れます」。不愉快な状況をあらかじめ予期して受け入れる意思を固めておけば、実際にその状況が起きても足をすくわれることはありません。もちろん、命に関わるほど耐えがたい状況になったら、できるだけ早くそこから離れてください。しかし命に関わるほどではなく、どうしても避けられない場合は、このようにして不愉快を進んで受け入れる心構えを持つのです。そして、いざ不愉快な状況が発生したら、「3、2、1」とカウントダウンして、その状況にひるまずに飛び込んでください。

コンフォートゾーンの外側に成熟のきっかけがある

宇宙は私たちに、不幸な経験の痛みを糧に成長してほしいと望んでいます。それがわかっていれば不幸をもっと受け入れやすくなるでしょう。あらゆる状況が快適で心地よければ、私たちはもっと成熟した自分に成長する理由がありません。コンフォートゾーン、つまりストレスや不安のない快適な領域から脱け出し、慣れない不愉快な場所に身を置いて初めて、私たちは知的、感情的、精神的に学び、発展できるのです。13世紀のペルシャの詩人、ジャラール・ウッディーン・ルーミーは、「光は傷を通してあなたの中に入る」と述べています。傷から目をそむけず、よく観察して、目に見えない感謝、受容、知恵の光を発見してください。

人間には二つの面があります。
一つは騒々しい人生と
揺れ動く感情と混乱した思考に翻弄される面。
もう一つは落ち着いて、時間に束縛されず、
心と世界が広がっていくのを静かに眺めている面。
この二つの面が同じ一つの人間とは、なんと不思議なことでしょう。

幸福への道は、
混乱した人生に秩序をもたらすことではなく、
混乱の中でくつろぎ、
人生の活気と美しさを喜ぶこと。

幸福は目的地ではなく、
旅の方法。
——マーガレット・リー・ランベック（作家）

あなたがどんなに恵まれた環境にいても、
ほかの何かを求めていたら、
決して幸せにはなれません。
幸福は、心がせわしなく動くのをやめて、
今あるものを受け入れて感謝し始めたときに
初めて生まれるからです。

仏教の教えは
こう諭しています。
「近づいてくる者を拒まず、
去る者を追ってはならない」
受容の姿勢を大切にすれば、
不必要な心の痛みと無駄な努力を避けて、
命の自然な流れの中に平穏を見出せるのです。

苦しみにあえいでいるとき、
痛みを与えているのは
状況そのものではなく、
状況に抵抗するあなたの心です。
与えられた状況は
じつは自分が選んだのだと考えれば
抵抗を軽くできます。
苦しみは成長するための
魂の計画の一部だと信じましょう。
するとどうなるでしょうか。

自分をありのままに受け入れれば、
きっといい方向に変われます。
それができない人はいつまでも批判を受けつけず、
他人の意見を聞かず、
変われない理由を言い訳するだけです。

主よ、変えられないものを受け入れる平静さと、
変えられるものを変える勇気と、
この二つを見分ける知恵を
私に与えてください。
――ラインホルド・ニーバー（神学者）

受け入れるとは、
悪い行いを大目に見るという意味ではなく、
自分に起きた出来事を気にしないという意味でもありません。
心を穏やかにして、
自分にとって今本当に大切なことに集中できるように、
過去を変えたいという願いを手放すことです。

手放すとは、捨てることではない。
手放すとは、あるがままにしておくことだ。
気にかけながら、あるがままにしておけば
ものごとはひとりでに移り変わっていく。
――ジャック・コーンフィールド（作家・仏教学者）

何かを追い求めているかぎり、
私は満たされず、とらわれています。
満足、自由、平穏は手に入らないのです。

賢明な人々は今持っているもので満足し、
誘惑やプレッシャーで簡単にぐらつかず、
本当にほしいものだけを追求できます。

自分を信じれば信じるほど、
私はいっそう人を引きつけ、
執着を減らせば減らすほど、
人に支配されなくなります。

同窓会に行って、
昔憧れていた人に会うと、
じつは平凡な人だったとわかることがあります。
あなたは不思議に思うでしょう。
どうしてあんなに心を奪われたのか、
どうしてあれほど特別な人に見えたのか。
そしてあなたは理解します。
彼らが特別に見えたのは、
その人が持つ本来の性質のためではなく、
あなたの激しい愛着と抑えきれない思い込みのせいだったと。

喪失、病気、悲嘆、不安にさいなまれた
人生最悪の時期を思い出してください。
早く過ぎ去ってほしいと、あなたはひたすら願ったはずです。
ほんの少しだけ考えてみてください。
あなたがどれほど頑張ってきたか、
この平穏な時間がどれほどありがたいか。

宇宙はあなたに新しい服を与える前に、
あなたのクローゼットを空にします。
つらい体験をしたのなら、
次に何が起きるか見てください。

苦しみから
とても強い魂が生まれた。
誰よりも強く大きな人格は
いくつもの傷を負っている。
――カリール・ジブラン（詩人・哲学者）

私たちが持っているものはすべて、
まばたきするあいだに奪い取られると悟るときがきます。
常に感謝を忘れず、どんなことも当たり前と思わないように。

これまで与えられたすべての恵みを記録しておきましょう。
それらを書き留めて、しみじみと思い出しながら、
豊かさ、感謝、安心の感覚に浸りましょう。
このすばらしい感覚があなたのすべての細胞に
染みわたり、常にあなたとともにあるように。

今日、この晴れわたった空に感謝します。
健康でいられることに感謝します。
愛情深い家族と友人がいることに感謝します。
この温かい1杯のコーヒーを飲めることに感謝します。

感謝は
普段の日々を感謝祭に、
いつもの仕事を喜びに、
何気ない機会を恵みに変える。
――ウィリアム・アーサー・ウォード（作家）

毎日ビタミン剤を飲むように、
恵みの数を数えて、
よく効く「感謝の薬」を毎朝服用してください。

この薬は私たちをネガティブな感情から守り、健康を増進させ、
人間関係をよくし、元気にしてくれます。

部屋の模様替えには時間がかかりますが、
前向きな考え方をすれば、
心のあり方はすぐに変えられます。
喜ばしい考え方を心がけて、
そこから生まれる心地よい感情の中にいれば、
ずっとそこにいたいと思う心の環境が作れます。

軽音楽を聴きたければ、
ラジオを適切な周波数に合わせればいい。
豊かな人生を送りたければ
感謝と思いやりを重視する考え方に変えればいい。
そうすればもっと多くの恵みを引き寄せられます。
同じ周波数のラジオで軽音楽が流れ続けるように。

足りないから祈るのではなく、
豊かさと感謝の心で祈りなさい。
宇宙はあなたが何を望んでいるかではなく、
あなたがどんな人かに反応するからです。

ていねいに頼むだけで、
とうてい手が届かないと思っていたものも含めて、
どれほど多くのものを受け取れるかを知ったら、
きっとあなたは驚くでしょう。
それがほしいと自分から言うだけでいいのです。

目標の達成を人に強いてはいけません。
最善の結果はいつも、
楽しく夢中になっているときに
自然に生じるからです。

不思議なことに、あなたの願いは、
それについて考えた瞬間に、もう部分的に実現しているのです。
だから、すでに願いがかなったかのようにふるまいなさい。
そうすれば願いを追い求めるのではなく、願いを引き寄せられます。
それが願いを実現する近道です。

仏教の教えでは、
心の状態と宇宙の成り立ちは同じです。
心が優しい思いやりに満たされていれば、
あなたは極楽を経験します。
心が憎悪と怒りであふれていれば、
あなたは地獄を経験します。
極楽も地獄も、あなたの心が作り出し、
あなたの心が経験し、
心から切り離せなくなります。

あなたにとって宇宙はどんなもの？

あなたは宇宙、つまりこの世界を恵み豊かで慈悲深いと思いますか？　それとも宇宙は貧しく冷たいでしょうか。**ここで知りたいのは、あなたが科学的な意味で宇宙をどう考えるかではなく、心の中でどう感じるか**です。宇宙はあなたを気にかけ、あなたが心から望んだときに、新しい友人、恋人、仕事、お金や家を常に与えてくれていたと感じますか。それとも宇宙は無意味で不必要な空間で、すべての生き物は限られた資源をめぐって争い、生き延びるために自分で自分を守らなければならないと思いますか。

宇宙についてあなたが本当はどう感じているかわからなくても大丈夫。あなたが宇宙について抱くどんな感情も大切です。その感情が人生に対する見方だけでなく、困難な時期をどれだけうまく乗り切れるかも決めるからです。

宇宙に抱く感情はあなたの内面を映している

もう気づいているかもしれませんが、**この感情は子どもの頃にどのように育てられたか、そして社会の中で人々がどのように扱われているかに大きく影響されます。**私たちがたいていは欲求を満たされ、優しくされてきたなら、宇宙を信頼できると考えるはずです。反対に、冷たい仕打ちを受けてきたとしたら、信頼をはぐくむのは難しかったでしょう。興味深いことに、この感情は世代から世代へと無意識のレベルで受け継がれていきます。初めて自分自身について考えたとき、私は気づかないうちにどれほど父の感情を引き継いだかを知って驚きました。

私が生まれてからずっと、父は信じられないほど家族思いでした。父は若い頃、私の祖父のようにはなるまいと決めたのです。祖父は名の知れた評判のいい人物でしたが、家ではあてにならない稼ぎ手であり、無責任な保護者でした。祖父は長男、つまり私の父の兄を除いて、6人の子どもの誰にもほとんど関心も愛情も示しませんでした。

さらに悪いことに、父は朝鮮戦争直前に生まれました。韓国のほとんどの家庭が生活必需品のみならず、食べ物にも事欠いていた時期です。祖父が子どもたち全員にお弁当を持たせるお金がなかったせいで、父はたびたび空腹を満たすために昼休みに水だけ飲んで過ごしました。父は十分な世話と援助——食べ物、靴、教育、親からの気配り——を受け取れなかったために、人生は苦労の連続でした。

結果的に、父にとって宇宙はいつも何かが足りない場所でした。**必要なものを手に入れるためには、自分で頑張らなければ誰も与えてくれない**のだと父は感じていました。だからこそ父は妻と二人の子どもの生活を支える勤勉で責任感のある人間になったのです。一方で、父は肉親以外の他人を完全には信用せず、他人に親切ではありませんでした。私は、特に思春期には、そういう父の性格が嫌いでした。

もう一人の父が見せてくれた宇宙観

20代半ばで出家したとき、私は人生におけるもう一人の父のような、大切な人と出会いました。それは私の師僧です。仏教社会では、この関係は父と子のそれと非常によく似ています。師僧は私の得度《とくど》（仏門に入ること）の保証人の一人として、私が僧になるための指導をしてくれました。彼が亡くなったら、私が葬儀を執り行い、位牌を守るつもりです。

興味深いことに、私の師僧の宇宙観は父のそれとはまったく違います。彼は宇宙に、彼の世界観の中では仏陀に、ゆるぎない信頼を抱いています。彼は祈りを捧げることで、たとえ少し時間がかかったとしても必ず求めるものを——寺に必要な寄付、篤志家、専門家の支援、お釈迦様の誕生日の晴天さえ——受け取ってきました。師は人生を鷹揚に受け入れていました。

師は、この世にはすべての人に配ってもまだあまりある「パイ」があるとも信じています。だから当然のようにとても寛大で、求められれば誰にでも自分が持っているものを与えます。ほとんどいつも、誰よりも早く自分の小切手帳を取り出します——たとえ金回りのいい人々との会食中でさえも。個人的に受け取る寄付をほかの僧や尼僧に分け与えることはしょっちゅうです。彼のような師を得たのは幸運で、私は師の寛大な心と仏陀への深い帰依に感じ入っています。なによりも、師は私の父が見られなかったものを私に見せてくれました。**宇宙を信頼し、その信頼にふさわしく生きる方法**です。

私を始め、多くの人々にとって、論理を超えて信仰に身をゆだねるのは簡単ではありません。私たちの直感には、子どもの頃に両親と祖父母から受け継いだ不信感が深く根づいているからです。**宇宙は豊かで慈悲深い場所だという考えに心から同意するとしても、この考えを完全に自分のものにして、それにふさわしい生き方を始めるには時間がかかるでしょう。**私は日々の恵みの数を数え、師を始めとする人々が示す数々の模範を目にするにつれて、次第にかたくなな心を手放し、安心して人生に恩《おん》寵《ちょう》を受け入れられるようになると感じています。数々の恩寵を見出すにつれて、さらに心を開いて感謝できるようになり、宇宙が私に届けてくれたいっそうすばらしい贈りものを発見できるでしょう。

人生の厳しさを味わっているとき、あえて宇宙を信頼すれば驚くほど勇気づけられます。仕事がなかなか見つからなくても、好きな人に振られても、宇宙がもうすぐ自分にぴったり合った仕事や恋人にめぐり合わせてくれると信じられます。自分にも必ず成功のチャンスが来ると信じているので、ほかの誰かの成功を喜ぶことができます。自分にひどい仕打ちをした人を許すと決めて、気持ちを切り替えることができます。そうすれば宇宙が私たちの人生の新しい章を開いてくれると知っているからです。家族や親しい友人がこの世を去ったとしても、その人たちは孤独ではなく、宇宙が優しさと思いやりをもって迎えてくれると信じられます。

これは私たちにできる選択です。私たちは**自分がどんな宇宙で暮らしたいのかを選べる**のです。仏教では、一人ひとりがそれぞれの心のあり方に基づいて、まったく違う宇宙を経験できると教えています。慈悲深い考えと行動をすれば、自然と慈悲深い宇宙に暮らすことになるでしょう。私たちが自分自身の宇宙を創造する力があるとしたら、あなたは宇宙についてどう考え、その力をどう使いたいと思うでしょうか。

第 2 章

心が痛むとき

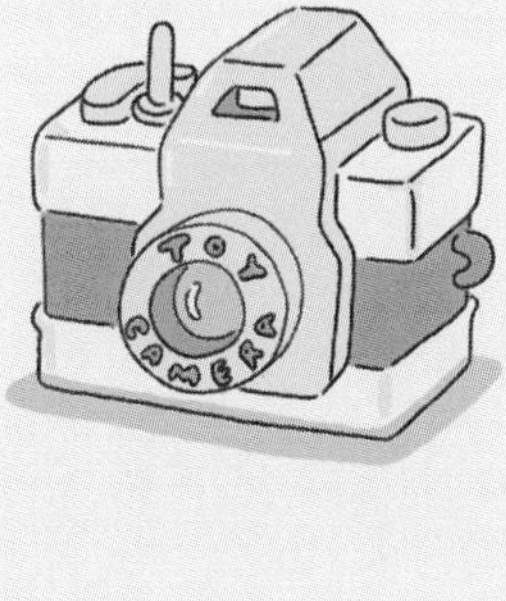

「選ばれない自分」との向き合い方

採用面接は初デートのようなものだというのは言い得て妙です。かつて私は、終身在職コースの助教のポストを希望して、最終候補者リストに残った大学の学部長と、コーヒーを飲みながら「デート」する日を緊張して待っていました。

キャンパスのカフェで初めて「デートの相手」と会いました。相手は女性で気さくで優しい人でした。彼女は私にさりげなく重要な質問をし、私はチャイラテの入った温かいカップを手に、リラックスして答えました。これまでどこで学んだか、どうしてこの研究テーマに興味を持ったのか、どんな将来の計画があるのかと彼女は尋ねました。私はこの大学の特色や、彼女が最近学術的に関心を持った分野について質問しました。私がほかの二人の最終候補者より自分を選んでほしいと願っているのと同じように、彼女が私にこの大学を気に入ってほしいと考えているのは明らかでした。

同僚になるかもしれない立場で3日間キャンパスで過ごすうちに、私は何人かの教師と親しくなり、この大学で教えるのがとても楽しみになりました。大学のある町でよさそうなアパートを探しさえして、助教としての日々の仕事はどんな感じだろうかと想像しました。初デートのあとで帰宅したティーンエージャーのように、私はここで経験したいろいろなことを何度も思い返し、きっとこの場所に恋に落ちると感じました。誠実なデートの相手がそうするように、私は自分の町に帰るとすぐにお礼のメッセージを送って、辛抱強く電話を待ちました。

およそ4週間後、待ちに待ったメッセージをようやく受け取りました。電話ではなく、短いメールです。学部長は私のキャンパス訪問をとても感謝し、私の業績に感銘を受けたと書いていました。しかし、残念ながら人事委員会が選んだのは違う候補者でした。その人の方が大学の要求に「ぴったり」だったからです。彼女は私の就職活動がうまくいくように祈ってくれました。彼女のメールの雰囲気は——初めて会ったときとは打って変わって——温かみがなく紋切型で、選ばれなかったほかの候補者にもまったく同じメールを送っているのは明らかでした。

私は、頭からバケツ一杯の氷水を浴びせられたような気がしました。**私の心に芽生えた愛情は、片思いにすぎなかった**のです。批判的な内なる声が、私の知性や外見、英語の発音をけなし、お前なんかが大学教授になれるはずがないとあざ笑いました。私は大学を訪問した日を振り返って、何がいけなかったのだろうと考えました。「あそうすべきだった」、「こうすればよかった」という後悔が次々に押し寄せてきました。そうではないと誰に言われても、採用されなかったのは自分が否定されたのと同じだと感じました。**選ばれなかったのは自分に足りないところがあるからだと考えずにはいられなかった**のです。

選ばれない＝あなたに価値がない？

しかし就職活動を続けていくうちに、思いがけないことに気がつきました。採用面接は人生で必要とされるほかのスキルと変わりません。練習すればするほどうまくなります。3回目の面接を受ける頃にはすっかり緊張しなくなり、自信がついて、会う人に愛想よくふるまえるようになりました。採用側の典型的な質問のほとんどは答え方がわかっていました。採用側が求めているものを前より明確に理解できたので、自分が彼らの要求にどう応えられるかを詳しく話せました。ある大学はポストモダニズム文化論に造詣の深い候補者を、別の大学は仏教と東アジア中世史の両方を教えられる中世史の専門家をほしがっていました。それぞれの大学は、ある型にぴったりはまる特別な形のピースを探していたのです。

そう考えると、**不採用を自分に対する個人的な批判と捉えてはいけない**理由がわかりました。ある候補者ではなく別の候補者が選ばれた理由は、その人の資格よりむしろ人事委員会が持つ独特の先入観や好み、過去のいきさつなどによるところが大きいのです。

私は就職活動を進めながら、二度と軽率に恋に落ちるような間違いを犯しませんでした。その場所で暮らす未来を夢見るのをやめて、現在に意識を向け、今やるべきことに集中しました。こうして試行錯誤を繰り返したあと、ようやく待ちに待った電話が鳴って、私はマサチューセッツ州の名門リベラルアーツ・カレッジから採用の知らせを受け取ったのです。

好きな人に振られたり、友人にSNSでブロックされたり、期待していた昇進話が消えてしまったり……拒絶されればいつだって心が痛みます。自尊心が低下し、批判的な内なる声が聞こえてきます。自分の欠点をくよくよと考えていると、私たちはたちまち怒りと悲しみ、不安を感じます。**あなたが拒絶された心の痛みと戦っているのなら、私の心はあなたのもとへ駆けつけます。**私もこれまで何度も同じ痛みと戦ってきたからです。つらいときにあなたを助けてくれるアドバイスをしましょう。

拒絶されたときに、すべきこと

第一に、**拒絶されたからといって個人的に批判されたと受け取らないこと**。人にはそれぞれ独特な趣味と好みがあります。それらはあなたに会うずっと前からすでに固まっています。だから人々があなたを拒絶したとしても、それはその人たちの経験と好みの影響が大きいのです。また、人は無意識に見慣れたものを好む性質を持っています。客観的に見ればあなたが恋人、友人、従業員として最適な候補者だとしても、見慣れない外見をしていれば気に入ってもらえないでしょう。だからといってあなたの価値や自尊心が損なわれるわけではありません。あなたの才能、優しさ、魅力は少しも変わりません。**単にあなたと、あなたを拒絶した人が、お互いにちょうどいい組み合わせではなかったというだけ**です。

第二に、これまであなたが誰かを拒絶した覚えがないかどうか考えてみてください。デートに誘われたのに断った経験はありませんか？　ＳＮＳで誰かをブロックしたことはないですか？　あなたが好きな人が全員あなたを好きになってくれると期待するのはばかげています。そんなことはまずありえません。同じように、誰かがあなたを拒絶したからといって、自分は誰にも好かれないとか、本当の恋人や友人、あるいは理想の仕事は決して見つからないと決めつけるのもまた、ばかげています。何度つまずいたとしても、辛抱強く努力を続ければ、最後には求めていたものにめぐり合うでしょう。

第三に、私たちは拒絶されると、どうしても自分が誰からも必要とされず、軽視されていると感じて落ち込みます。だからこそ拒絶されたとき、大切なのはあなたのよさを知って、愛してくれる人と一緒にいることです。信頼できる友人や家族につらい経験を打ち明ければ、ネガティブな感情が和らいで、自分の価値を認めてもらえる気がします。**心の痛みを一人でなんとかしようとしないで、誰かを頼って打ち明けてください。**

最後に、立ち止まって自分の経験についてよく考えたあとは、気持ちを切り替えて前に進んでください。そしてこの経験から何を学べるか考えてみてください。実際の人生経験はなによりもすぐれた師となります。学んだ教訓を自分のものにして、次の機会に活かしましょう。正しい道を見つけるには、何度も試す必要があります。たくさんの試行錯誤が求められるかもしれません。しかし拒絶を成長の機会と考えれば、いつかはあなたにぴったりの道が見つかって、心から満足できる場所にたどり着けるはずです。頑張って!

拒絶されてもがっかりしないで。
もっといい道が開けるかもしれません。
つまずきだと思ったものが、
本当は天の恵みだったとわかるかもしれません。

10年前に戻って
昔のあなたに一つアドバイスするなら、
たぶんあなたはこう言うでしょう。
「心配しないで。何もかもうまくいくから」
だから未来のあなたからのアドバイスにも耳を傾けて。
「心配しなくて大丈夫。全部うまくいったよ」

拒絶されたのはあなたの申込書だけ。
あなた自身が拒絶されたわけではありません。

選ばれなかったのは申込書が
その場所に合わなかったから。
あなたが非難されたわけではありません。

人は見慣れたものを選んでしまいます。
たとえそれが苦痛を長引かせるとしても、
それが自分の知っている唯一の悪魔だから。

あなたの考えが受け入れられなくても、
自分のやり方で
小さなことから始めてみましょう。
最初はゆっくりでも、
経験と技術を身につければ、
誰もあなたに反論できなくなり、
あなたの成果はゆるぎないものになります。

そんなふうに扱われたらつらいですよね。
未来のあなたはその人たちを後悔させるでしょう。
せっかくチャンスがあったのに、
あなたに優しさと敬意を示さなかったなんて。

我慢強い人は
きっと最後に報われます。
我慢が試されているときは、
深呼吸してこう考えて。
「ああ、こんな目にあったんだから、
きっといいことがあるはず！」

人生のすばらしいものが育つには時間がかかります。
たとえば職人の手作りチーズ、風味豊かな赤ワイン、

立派なサンゴ礁、実り豊かな野菜畑、満開の花畑、
深い信頼、強い絆、財政的安心、
そしてやりがいのある仕事。

誰かの功績を評価するとき、
その人の個人的な業績だけに注目しがちです。
でも、同じように考慮すべきなのは、
その人が他人に与えたいい影響です。
誰かが夢を叶えるのを後押ししたというような。

幸せとは
自分が助けた誰かが
成功して幸せになるのを見届けること。

大成功したいなら
絶対にしてはいけないのは、
自分のやり方と方法を工夫せずに
誰かのまねをすること。
成功した人が
絶対にしてはいけないのは
驕《おご》り高ぶること。

自分の力にうぬぼれている人は
専門家より自分の方がうまくやれると考えています。
ときには専門家に教えようとさえ。
それはとんでもない間違いで、ばかげたふるまいです。

世界で一番すぐれたすばらしいものを持っていると自慢する人は、

ほかの文化、考え方、人生経験の豊かさを
学ぶ機会がなかったのかもしれません。
学んでいれば、自分が手にしているものは
世界で一番ではなく、自分の中の一番だと言うはずですから。

デートした相手がもう会いたくないと言ったら、
受け入れて気持ちを切り替えて。
自分のよさをわからせて
気持ちを変えさせようとしてはだめです。
あなたとつきあいたいほかの誰かのために、
あなたのよさを取っておいて。

恋人から急に連絡が来なくなったら
気軽な感じで、「どうしたの?」とメールを送ってみましょう。
「私のこと、忘れちゃった?」と聞いて、反応を確かめて。

恋人との連絡をいきなり絶たないで、
率直になりましょう。
二人がうまくいっていないなら、
こんなふうにきっぱりした短いメールを送って。
「これまでつきあってくれてありがとう。
でも、残念ながら私たちは合わないみたい。お幸せにね！」
そうすれば無駄な時間と労力を使わずにすむし、
不必要な心の痛みを避けられます。

昔の恋人の話をするとき、
冷たく責めるような言い方をする人には気をつけて。
いつかあなたも同じ目にあうかもしれません。

誘われた時間に行けそうになくても、
ただ断ってはいけません。

恋人と別れる気がないなら、
都合のいいほかの時間を提案してみて。

誰かからずっとけなされたり、いやがらせをされたりして
もう耐えられないと思ったら、
思い出してほしいのです。
おかしいのはあなたではなく、その人の方だと。
自分に満足している人は、他人に意地悪をしない。
その人がなんと言おうと、自分が悪いと思わないで。

誰かの不幸の原因を作ったのが自分でないかぎり、
人の不幸の責任は取れません。
相手を尊重しながら、
自分との境界線をはっきり引きましょう。
誰かを助けようとして、自分がどんどん不幸になるなら、
最初の善意は怒りに変わるかもしれません。

自尊心の高い人ほど、
他人を尊重し、人に優しくできる。
他人を見下し、軽んじる人は、
小さい頃から尊重された経験がなく、
自分に価値があると感じられない人です。

生きていれば、
愛する人が苦しんでいるのに
自分には何もできないと思い知らされるときがある。
そんなときは、悲しみと絶望のあまり冷静さを失わないで、
落ち着きましょう。
あなたの穏やかなまなざしが、
その人にとって大きな力になるでしょう。

年老いた父母の世話をしているときは、
思い出してください。
子どもの頃、私たちはみんな駄々をこねたり、
何度も同じ質問をしたりしました。
親も自分の人生を生きたかったはずなのに、
私たちのために自分の時間を犠牲にしてくれました。
親はすでに私たちのためにそうしてくれたのです。
私たちは彼らのために、今何をしているでしょうか。

永遠に続くものなどないと、
知らないわけではありません。
愛する人がずっとそばにいてくれると理由もなく思い込んで、
その真実を忘れているだけです。
愛する人を失って初めて、真実は私たちに襲いかかって、
私たちの心を引き裂きます。

大切な人を亡くしたとき、
あなたはその悲しみを周囲にぶつけて、
苦痛から身を守るために
心の扉を閉ざしてしまうかもしれません。
でも、開かれた心と愛で亡くした人を偲《しの》び、
悲嘆と寂しさを人々と分かち合うこともできるのです。

親が亡くなったら、
財産は子どもたちのあいだで分けられます。
気をつけないと、
たくさんの苦痛ともめごとを起こしかねません。
遺産のせいで子どもたちが
お互いに口も利《き》かなくなったと知ったら、
亡くなった親はなんと言うでしょう。
欲望を抑えて、残りの人生を

兄弟姉妹と仲たがいせずに仲良く過ごす知恵が
あなたにありますように。

いくらお金があっても、
それをめぐって争えば、財産はちっぽけに見えます。
反対に、ほかの誰かを気にかけていれば、
分かち合ったパンのひと切れでさえ、
あり余るほどに思えるものです。

「愛は無敵」という仏教のことわざがあります。
この恐ろしい世界で自分を守りたければ、
人を憎まない愛の心を持たなければいけません。
自分を心から愛してくれる人を
傷つけられる人はいないでしょう。

共同生活で知る自分の一面

90年代の終わりに、私は初めて、アメリカのプリンストン大学行きの電車に乗りました。さわやかな3月のそよ風を浴びながら、春の訪れを感じて胸が高鳴りました。私は博士課程への入学を認められて大学に向かうところでした。これから会う人たちへの期待と緊張で胸がいっぱいでした。

プリンストン駅に着くと、私はホームに降りてジェーソンを探しました。ジェーソンは同じ学部の大学院生で、駅まで迎えに来てくれる約束になっていました。彼はすぐに私を見つけて近づいてきました。身長も年齢も私と同じくらいで、親切そうな顔をしています。私は彼とすぐに打ち解けて、昔からの知り合いのように感じました。彼は日本で数年間学んでいて、アジア文化に深い知識がありました。大学に来て3日後には、私は寮のジェーソンの部屋に転がり込んでいました。私たちは博士課程について、そしてプリンストンでの生活について語り合いました。彼からいろいろ教えてもらい、すばらしい教授たちにも会えたので、私はほかの大学には行かず、プリンストンで学ぶことに決めました。

博士課程が始まる前に、ジェーソンは新学期には寮を出るつもりだと言いました。ベッドルームが二つある大学院生用のアパートに引っ越したいから、一緒に暮らさないかと言うのです。ジェーソンのような友人と一緒に新生活を始められるのは願ってもないことで、私は大喜びで賛成しました。新学期が始まる数週間前に新しいアパートに引っ越し、二人で使う机や本棚、台所用品を買いました。何度も一緒に夕食を作り、週末にはコンサートに出かけ、ニューヨーク近郊にある私の師の寺に法話を聞きに行きさえしました。**数週間前に知り合ったばかりだというのに、私たちはとびきりの友人になり、私は有頂天でした。**

春の日が過ぎ去るのは早かった

しかし新学期が始まると、私たちは授業で忙しくなりました。私は専門科目のほかに中国語と日本語の勉強を続ける必要があり、ジェーソンはずっと学びたがっていた韓国語の学習を始めたのです。だから私がたびたび日本についてジェーソンに聞き、彼が私に韓国について質問するのは当然の成り行きでした。しかし**時間がたつにつれ**

て、いくつかの点で私たちの考え方はずいぶん違うとわかりました。たとえば政治の話になると、各国の指導者とその政策について意見が合いません。私がよく思っていない指導者や政策にジェーソンが味方するときもあれば、その反対のときもありました。夜遅くまで激論になり、ときにはささいな問題をめぐってしこりが残りました。

こういう場合、お互いに2、3日離れて心理的な距離を取れば、言い争った問題はたいしたことではなかったとわかって仲直りできるものです。しかしこの狭いアパートにはジェーソンと私しかいないので、距離を取るのは無理です。さらに悪いことに、私たちはよく同じ車でキャンパスに通っていたため、ぎこちなさはなかなか解消しませんでした。

予想もしなかったもめごとはほかにもありました。当時、私は米を炊くときはいつもジェーソンの分も炊いて、炊飯器で保温しておく習慣がありました。2、3日分の米を一度に炊くのですが、どういうわけかジェーソンは炊いてから1日たったご飯には手をつけません。わけを聞くと、たとえ温かいまま保存されていても、炊き立てでないご飯は嫌いだと言うのです。それがわかってからは、私たちは小さな台所にそれぞれ自分用の炊飯器を置いて、別々に米を炊くというおかしな状態になりました。最後には同じアパートで暮らしているのに、めったに一緒に食事も話もしなくなったのです。

秋学期が終わり、次の年の春学期が始まる頃になると、ジェーソンと私は互いに怒鳴りあうようになりました。ジェーソンが新しいカメラを買ったとき、私は取扱説明書をゴミと間違えて捨ててしまったのです。私はなるべくものを持たない暮らしが好きで、いらないものを捨てたがる癖があります。ジェーソンは思い出の品を手元に置いて、大切な書類や本を取っておきたがりました。私は彼にうっかりして悪かったと謝りましたが、私たちはしばらく口をきかず、無言の緊張が続きました。**ようやくまた会話をするようになったときには、私たちの仲はもう耐えがたいほどぎくしゃくしていました。**

共同生活で見えてくる自分の本質

ルームメートと暮らした経験のある人なら誰でも知っていると思いますが、そういう関係はつまらない原因でだめになる可能性があります。ただの友だちなら大きな問題にならないことが、一緒に暮らしているとたちまち争いと怒りの原因になります。たとえば皿洗いや風呂掃除のやり方が違うとか、音楽やテレビ番組の好みが違うといった問題です。寝る時間の違い、就寝中のいびき、しょっちゅう遊びに来る友だちも、もめごとの種になります。たとえ親友や恋人でも、何がきっかけで口論になるか予想もつきません。知らない人と一緒に暮らす場合は、お互いの生活に踏み込まないように、礼儀と無関心を保つのは簡単です。しかしお互いによく知っている相手の場合はそうはいきません。

20世紀の偉大なインド出身の精神的指導者、ジッドゥ・クリシュナムルティは、**私たちは人間関係を鏡にして自分が何者であるかを知る**と言いました。つまり私たちの心が人との関わりの中でどう反応するかを見て初めて、自分の気質、野心、恐れ、欲求、弱点がわかるのです。もう一人のインド人の師、オショー・ラジニーシは、成熟するために心を岩のように硬くし、痛みを感じないようにする必要はないと説いています。むしろ真実はその反対です。**私たちは自分自身と他人の痛みに向き合う勇気が必要**です。苦しみを敏感に感じ、受け入れることで、より深く苦しみを理解し、心を成熟させられます。

ジェーソンとの関係は私にとって鏡の役割を果たし、それまで見えていなかった自分自身のさまざまな面を映し出しました。これまで気づかなかった自分の利己的でけちで心の狭い部分を認めるのは恥ずかしくてたまりませんでした。同時に、私たちの友情がこんなふうに変わってしまうのは悲しくて残念なことでした。

こうして私は自分を省みながら20代半ばの春の日々を過ごし、多くの心の痛みと悲しみ、そして後悔を知りました。

共同生活における具体的なアドバイス

あなたがルームメートや恋人として誰かと初めて共同生活をするなら、もめごとが起きないように、いくつか注意したいことがあります。

第一に、**お互いのあいだに十分なスペースを取りましょう**。引っ越し前は一緒にいるのが楽しくてしかたなかったかもしれません。でも、何もかも一緒にする必要はないのです。何を一緒にしたいのか、どんなときに一人でいたいのかをあらかじめ話し合っておきましょう。お互いに干渉しないスペースを持てば、相手のために自分の欲求を犠牲にせず、やりたいことができます。パーソナルスペースを持たずにいつも一緒にいると、息が詰まるような気がして、怒りが湧き、緊張が生まれます。

息抜きと気分転換の時間があれば、心のバランスを保てて、もっと幸せな関係になれるでしょう。

第二に、特に家事の分担とお金の使い方についてでは、**お互いの希望を率直に話し合**

いましょう。たとえば誰がゴミを出し、どうやって浴室をピカピカにするか？　洗濯は一緒、それとも別々に？　月々の家賃と生活費は折半する？　それとも収入や使う割合に応じて分担する？　食費に使う共同の家計用口座を作る？　あるいは買い物も支払いも別にする？　自分の分ではないヨーグルトやプロテインバーを食べて、あとで補充しておくのはあり？

引っ越してすぐにこうした問題について話し合っておけば、あとから不満や怒りが湧くのを防げます。

第三に、誰かと一緒に暮らすなら、ケンカにならないように、**相手に合わせて生活習慣を変える**必要があります。ルームメートやパートナーが早起きなら、あなたは夜更かしでも、夜になったら照明やテレビを早めに消さなければいけないでしょう。食生活の好みも違うかもしれません。一人はなんでも食べられるのに、もう一人は乳製品が食べられないとか、ベジタリアンという場合もあります。そんなときはお互いに譲り合い、どちらも満足できる調理法を見つけることが大切です。

最後に、ルームメートやパートナーの行動に困惑したときは、**穏やかに気持ちを伝えましょう**。誰にでも独特の癖やちょっと変わった習慣、気に食わないことがあるものです。何か気に障ることがあったら、言いたいことを飲み込まないで、優しく穏やかに話し合ってください。ルームメートやパートナーはあなたのいやがることを無意識に何気なくやっている場合が多いものです。相手の気持ちになって、辛抱強くていねいに話し合えば、暮らしは円満になり、二人の関係はいっそう強くなるでしょう。

人間関係の鏡に映せば
あなたがどんな人間かわかります。
ほかの誰かと会って話すとき
あなたの心がどう反応するかをよく観察すれば、
自分がどういう人間なのか理解できます。

いい友だちと過ごす時間は何ものにも代えがたいものです。
ほかの誰かと会うときと違って、
友だちには他意も下心もないから。
ただ一緒にいるだけで楽しいのだから。

この世で本当に楽しいひとときは、
久しぶりに会う友だちと
夜通し近況を語り合うとき。

人生の目標の一つとして、
10人の親友を作ってみよう。
成功や称賛より親友の存在の方が、
健康と幸福に与える効果は大きくて長続きします。
家を離れて
自然の中で気分転換したいときがあるように、
家族以外の友人は
人生になくてはならないものです。

家族が天の賜物なら、
友人はあなたが選んだ家族である。
――ジェームズ・C・スコット（政治学者・人類学者）

隣のテーブルの若い女性たちは大喜びでした。
やっと仕事が見つかったと友だちが言ったとき、
「よかったね！」と
何度も何度も口にしました。
まったく見ず知らずの私さえ、
彼女のためにうれしかったのです。

よき友は手品師だ——
私の幸せをあっというまに
2倍にしてくれるのだから。

一人でいるより友だちと一緒にいる方が、
笑う確率は30倍も高いらしい。
何か面白いことがあって笑うのは

せいぜい15パーセントで、
それ以外のときに笑っているのは
まわりの人たちが笑っているからです。
笑いは私たちを結びつけてくれます。

社交上の集まりは2種類に分けられます。
そこにいない人の噂ばかりしている集まりと、
自分の経験を率直に語り合う集まり。
後者の方が断然楽しいものです。

私の欠点と困ったところを知ったあとでさえ
ずっと友だちでいてくれてありがとう。
あなたに会えてよかった。

誰かのあら探しをしたとたん、
あなたの中に潜んでいた同じ欠点が
目覚めて成長し始めます。
自分の悪い部分の種に
水をやってはいけません。

誰かを頑固だと感じるのは、
たぶん私たちも頑固だから。
自分が頑固でなければ、他人を見ても
ただ自信とやる気のある人だと思うでしょう。

この世で一番簡単なのは
誰かの失敗をあげつらうこと。
この世で一番難しいのは
自分の間違いをじっくり見つめること。

新しい友だちを作るときは、
かっこつけたり、おどけたりしないで、
思い切って本当の自分を見せましょう。
その方がずっと親しみが感じられるでしょう。

誰かとだんだん親しくなると、
きっと考えが合わないところが出てきます。
ケンカになりそうになったら、
すぐにその人から離れるのではなく、
意見の相違について話し合って、
歩み寄る努力をしましょう。
そうすれば二人の関係は
いっそう深く根を張るでしょう。

好きな人に初めて会ったとき、
私たちはよく自分の願望に基づいて
その人を理想化してしまいます。
相手をよく知るにつれて、
その人は期待どおりの人ではないとわかるかもしれません。
そんな経験はすべて、
自分の心の中だけで起きているのを忘れないで。
その人が自分をよく見せようとしたわけでも、
あなたをがっかりさせようとしたわけでもないのだから。

私たちはよく、「彼はこんな人であってほしい」という願いを
「彼はこんな人だ」という断定にすり替えてしまいます。
こうして勝手に期待して、
結局がっかりしてしまうのです。

誰かと口論したときは、
時間がたって気持ちが落ち着いたら、
まっさきにその人に連絡して、話をしましょう。
「元気だった？　あのときあんなことを言ってごめんね」
成熟した大人は、謝罪して仲直りするタイミングを心得ているものです。

友だちに悩みを打ち明けて、
あとからそれを後悔し、
二度と打ち明け話をするのはやめようと思ったのなら、
たぶん友だちから共感ではなく
批判を感じたからでしょう。
問題はその人に共感が足りないことであって、
あなたのせいではありません。
傷つくのを恐れずに気持ちをさらけ出したあなたは、
勇気ある人です。

友だちの悩みに理解を示すつもりで
自分のよく似た経験を話し、
自分の方がよっぽど大変だったと言っても、
なんの慰めにもなりません。
今友だちに必要なのは
自分の気持ちを聞いて、
話に耳を傾けてくれる人。
話す機会を奪おうとする人ではありません。

苦しんでいる友だちに
「もう忘れて気持ちを切り替えようよ！」
と言ってもなんの役にも立ちません。
忘れたいと思っても忘れられない――
だから苦しいのです。
代わりにこう言いましょう。

「あなたがどんなつらい思いをしたのか想像もできません。
私がそばにいます」

居心地の悪さを感じさせる人と
どうしても一緒にいなければならないなら、
その経験を学びの場にしましょう。
その人と同じふるまいをしないよう、
肝に銘じておきましょう。
その人のそばにいるとどうして落ち着かないのか考えてみて。
昔の記憶や心の傷を思い出させるから？
あなたの無意識の中の抑圧された部分を反映しているから？
居心地の悪さの原因を理解すれば、
心の傷を癒やして、人間として成長できます。

バラのように豪華な花を部屋に飾っても、
数日たてばしおれてしまいます。
反対に野の花の美しさは
地味でもずっと長持ちします。
華やかな才能と容貌を持つ人との関係は
最初はとてもすばらしくても、
たいてい長続きしません。
反対に、控えめで信頼に足る人と関係を築けば
ずっと続く絆になります。

私たちの人生を変えるのは
読書や学校での勉強より、
人との偶然の出会いが多い。
生き方を変えたいなら、
知らない人に会ってみましょう。

親友に会うと、
彼が私を大切にしてくれるので、
自分をいっそう好きになれます。

ある人は司祭のもとへ行き、
ある人は詩のもとへ行き、
私は友人のもとへ行きます。
――ヴァージニア・ウルフ（小説家）

妬みと苦しみ

私は幼い頃、伯父の家を訪ねて帰ってくるたびにしばらく落ち込んだものです。それは伯父の住む豪華な家のせいでした。5つの寝室と2つの浴室があり、ソウルで最も優秀な学校に近い高級住宅街にあるその家は、私の親が借りているみすぼらしい1室だけの家に比べると、あまりに違いすぎました。伯父の家は、私にはまるで縁のない独特な雰囲気と文化を持つ異国の世界のようでした。

最初に感じたのは香りです。伯父の家のドアを開けて一歩足を踏み入れたとたん、わが家とはまったく違う不思議な温かみのある香りに包まれます。ドアを通るとすぐに、下駄箱の横の空間にバスケットボール、バレーボール、自転車などの遊び道具がぎっしりと詰め込まれていて、私はそれで遊びたくてたまりませんでした。居間には大きくて座り心地のいいソファが置かれ、壁には有名な画家の絵がかけられていています。一番うらやましかったのはピアノのある部屋です。私はずっとピアノを習いたいと思っていましたが、レッスン代が払えないのであきらめていました。父の兄と家族が住むぜいたくで広々とした家は、私にとってまるで見果てぬ夢のようでした。

対岸にいる二人のいとこ

伯父と一緒に二人のいとこが暮らしていましたが、彼らは数年間外国にいたせいもあって、私と彼らのあいだには大きな川が流れているような気がしました。いとこたちは対岸に立っているだけで、私と弟に手を差し出して招き寄せようとさえしません。だから伯父の家を訪ねたときも、私の遊び相手は自分の弟だけでした。私から歩み寄ればよかったのにと思われるかもしれませんが、貧しい者が豊かな者に手を差し出すのは難しいものです。私はまだ子どもだったし、そこは伯父の家で、わが家ではありません。だから私はいつまでもよそ者のまま、言いようのない悲しみと虚しさを抱えて家に帰りました。

大人になった今は貧しい生活のコンプレックスから解放され、この経験を気軽に話せます。しかし**当時は伯父の豪勢な家に打ちのめされて、自分にはなんの価値もないという感覚が芽生えました。**この感覚はあまりにも圧倒的で乗り越えるのが難しく、続いて生まれた両親への怒りはしばらく消えませんでした。私はまじめな生徒でしたが、成績はいつも年上のいとこにかないませんでした。いとこは学年トップだったのです。こうしてプライドが傷つく経験を重ねていくうちに、深刻な劣等感が生まれました。恵まれない家庭環境の中で、**いくら自力で頑張っても、いとこという高い山の頂には絶対たどり着けないと感じた**のです。

5年生のとき、祖母の誕生日を祝うために親戚が集まった日のことです。私は気が進みませんでしたが、両親に連れられて弟と一緒に伯父の家に行きました。伯母は私といとこたちを呼んで、一緒に遊びなさいと言いました。年下のいとこと話すのは久しぶりでした。彼は親がアメリカで買ってきてくれたというおもちゃを私に見せました。カメラのような形をしていて、カラーフィルムがついたディスクを差し込んでファインダーをのぞくと、アメリカのいろいろな国立公園の写真が目の前に現れるしかけです。いとこがそれで遊んでいいと言ったので、私は弟に使い方を教えて、しばらく一緒に楽しみました。

しかしまもなく、ボタンを押してもディスクが回転しなくなりました。どうしたのだろうと思って確かめると、ああ、どうしよう！　ディスクがぐしゃぐしゃになって破れています。しばらく迷ってから、私はこっそり外へ出てディスクを投げ捨てました。そしてディスクがなくなったことなど知らないふりをしたのです。

もちろん、ディスクはどこに行ったのかといとこから聞かれました。知らないと言い続けていると、いとこは自分の母親に話し、私と弟は伯母から本当に知らないのかと聞かれました。伯母が私にそう聞いたとき、不思議なことに私の中でさまざまな感情が一気にあふれてきました。**悲しみ、恐れ、憎しみ、妬み、怒り、そして自分が悪かったという感情が入り混じった、説明しようのない奇妙で複雑な気持ち**です。私はこれらの感情で胸がいっぱいになり、しばらくすすり泣いていました。そして二度と伯父の家には行かないと決意したのです。しかし翌年、私は両親に手を引かれて、しかたなくまた伯父の家に行きました。

大人になった今振り返れば、自分がいとこたちを深く妬んでいたのがわかります。このような経験は子ども時代にはよくあることですが、思い出すと今でも鋭い心の痛みを感じます。**妬みにまつわる感情は複雑で、激しい痛み、悲しみ、そして怒りさえ呼び起こす**からです。

誰かを妬む感情に気づくと、妬む相手は自分とかけ離れた人物ではなく、たいてい自分と関わりのある人だとわかります。たとえば自分より早く昇進した同僚、遺産を相続して同じアパートから広い家に引っ越す友人など。反対に、自分とまったく関係ない人々、たとえばビル・ゲイツやイーロン・マスクがどれほど金持ちで羽振りがよかろうと、妬みはほぼ生まれません。

妬みの感情は、その強さによって、単なる羨望から怒り、ときには暴力まで幅があります。妬みはしばしば財産、能力、外見といった誰かの人生の一部だけを見て、全体が目に入らないときに生まれます。彼らが持っているものを私たちはうらやましく思うかもしれませんが、その人は自分が持っているものや、そこから生まれるプレッシャーと期待のために、ゆううつ、孤独、不安にさいなまれているかもしれません。

妬みをうまく活かせば、もっと努力して技術を高める原動力になります。「天は見込みのある人に好敵手を送って祝福する」という古いことわざがあります。妬みに負けず、向上する意欲に変えれば、いつかは妬みを掻き立てた人が実際には自分の成功に誰よりも貢献してくれたと気づくでしょう。

恥ずかしながら、アメリカのアイビーリーグの大学に入りたいという私の希望は、子ども時代に感じたいとこへの対抗心から来ていました。私は勉強のためにアメリカに行きたいと家族に言いましたが、心の底では私が自分の力で成功できるのだと、自分自身と親戚に証明したかったのです。成長した今、私はいとこたちに感謝し、妬んでいたことを謝りたいと思います。それとともに、私の中の苦しんでいた寂しい子どもを温かく抱きしめたいのです。

第 3 章

疲れ果てて
喜びが
感じられないとき

小さくはあるが確固たる幸せ

「ＹＯＬＯはもうダサい。今はＳＢＣＨだよ」。今ソウルで何が流行っているか聞いてみると、こんな答えが返ってきました。ＹＯＬＯは「人生は一度きり（You only live once.）」の略です。一度しかない人生だから、好きなようにお金を使えばいいという意味ですが、そんなことをしていたら、いつかは生活が行き詰まってしまうでしょう。だから人々が今注目しているのはＳＢＣＨです。これは「**小さくはあるが確固たる幸せ（small but certain happiness）**」の略で、村上春樹がエッセー集『ランゲルハンス島の午後』（新潮社）で使い、「小確幸《しょうかっこう》」という略語を作りました。

村上春樹はこの「小確幸」を、次のような例で説明しています。「焼きたての温かいパンをひと切れ口に放り込むこと、おろしたての白いＴシャツを着ること」。幸せは遠い未来に、あるいは壮大な目標を達成したあとに初めて得られると思われがちです。しかし「小確幸」は、私たちが毎日行うささやかな行動から得られる喜びと小さな幸せを意味しています。

人々が幸せについて新しい考え方をし始めたのは喜ばしいことです。これまで幸せは長年の懸命な努力の賜物だと思われていました。いい大学に入り、給料が高い立派な職業に就き、理想の家を買って初めて幸せになれると考えられていたのです。しかし、「小さくはあるが確固たる幸せ」を求めるなら、幸せは人生を変えるような幸運な出来事の中にではなく、ささやかな楽しい行為の中に見つかります。

言いかえると、**幸せになるには必ずしも長いあいだの努力と苦労を必要としないと人々は気づき始めました。**むしろ、今この瞬間に与えられた人生の楽しみ方を知ることが大切なのです。自分の幸せがどこにあるかは各自の判断にゆだねられています。だから固定観念に当てはまらない幸せの形が数えきれないほどあります。

淹れたての朝のコーヒーの馥郁《ふくいく》とした香りが安心と幸せのひとときだという人もいれば、肌に感じる太陽の暖かさ、春の花、寒い日の毛布のぬくもりを感じること、あるいは単に仕事が終わったあとで犬や猫と過ごす時間が幸せだという人もいるでしょう。言いかえると、幸せは私たちが心にゆとりを持って、すでに目の前にあるものに目を向けて楽しめば、いつでも手に入るものなのです。

もちろん、愛する人との結婚、子どもの誕生、昇進は、大切な幸せの源です。こういった人生の節目にたどり着いたときに得られる達成感と満足感ははかりしれません。一方で、こうした節目の出来事だけが本当の幸せをもたらすと考えるなら、人生の大半はそれらを追い求めて過ぎていきます。一つの目標を達成すれば、いつも次の目標が待ち構えているのです。だから私たちはいつまでたっても満足できず、常に何かに追われています。もっと悪いことに、こうした目標を達成できないと、すべての努力が無駄だったように感じられます。反対に、「小確幸」を大切にすれば、日々の生活の中で、たとえば肌をなでる春のそよ風からさえも幸せを見つけられます。

私の小確幸

私が経験した「小確幸」を考えてみると、いくつかの例が浮かんできます。まず、ラジオでお気に入りの音楽を聴くのは私にとってリラックスできる至福の時間です。今まで聴いたことのない素敵な曲が流れると、まるで隠されていた宝物を偶然見つけたように、心が豊かになります。

毎朝近くの公園を散歩するのも楽しみです。この公園には茶色いベンチが置かれていて、よくそこで美しいカシの木に囲まれて座ります。しばらくそこに座って木の葉に反射する太陽の光を眺め、鳥のさえずりに耳を傾けていると、深い感謝と充足感が湧いてきます。心に重荷を抱えているときはいつでも、このベンチに腰かけてしばらく瞑想します。すると調律されたばかりのピアノのように心がリセットされる気がします。

本屋で新しい本を選んでぱらぱらとページをめくるのも、私にとって大きな幸せの源です。本はそれまで存在すら知らなかった新しい世界へ私を連れて行きます。その経験は間接的ですが、知識を広げ、思考を深めてくれます。だから近くの本屋でたまたまいい本にめぐり合うと、心が躍ります。

親友と過ごす時間もまた、「小確幸」の一つです。私を禅僧や名の知れた作家としてではなく、ごく普通の人間として見てくれる友人と過ごすざっくばらんで温かいひとときは、人生の思いがけない紆余曲折にぶつかったときでさえ、私を慰め、穏やかで冷静でいるための力を与えてくれます。

新鮮な空気、明るい日の光、澄んだ水と友だちの愛があれば、人生に絶望する必要はないと言ったのはゲーテでしょうか？　年を重ねれば重ねるほど、この言葉に深く共感を覚えます。

散歩の途中で鼻孔をくすぐるライラックの香り、
空気が澄んだ晴れた日の秋の山、
ラジオで初めて耳にする音楽、
座って本を読ませてくれる本屋の椅子、
ちょうど思い出していた友だちからのメール、
早く仕事が終わった日の貴重な自由時間。
そんな小さな幸せをあなたはどんなときに感じますか？

心が落ち着くと、
自分自身と世界の中に
それまで気づかなかったものが見えてきます。
そのときあなたの心は豊かになっているでしょう。

幸せを所有ではなく感謝の賜物だと考えてみてください。
そうすればたくさんの所有できないもの――

部屋に差し込む日の光、
子どもの笑い声、かわいいハグ、
秋の木の葉の色、息をのむような夕日、
夜に聴くジャズの心落ち着く音色、
お気に入りのスポーツチームの勝利――が
人生に幸せをもたらすでしょう。
大切なのは心にゆとりを持って
人生に感謝できるかどうかです。

あなたがのんびりとくつろいでいれば、
道で出会う誰もが
愛想よく親しげに見えます。
あなたが忙しくて張りつめていれば、
どれほど魅力的な人でも
行く手をふさぐ邪魔者にしか見えず、
気づきもせずに通り過ぎるでしょう。

あなたが注目するものはすべて
あなたの心に影響を与えます。
春の花を見れば
心は明るく美しくなる。
うまくいかなかったことをいつまでも考えていれば、
心は暗くゆううつになる。
だから何に目を向けるのか、
よく気をつけなければなりません。

ある春の午後、
桜が舞い落ちる小道を散歩していました。
ジェームス・テイラーの『愛の恵みを』を聴きながら。
音楽と舞い散る桜が調和して
それはまるで奇跡のようでした。

生き方には二つの異なる方法があります。

一つは行為を重視する生き方、
もう一つは存在を重視する生き方。
行為を重視して生きると、
何か重要なことを達成しなければ、
人生に価値を感じられません。
存在を重視して生きれば、人生は
生きているだけで価値があり、
全宇宙と愛の根源に結びついて
神聖ささえ感じられます。

行為を重視して生きる人は、
遠い将来の幸せを追い求め、
存在を重視して生きる人は、
生きていることをゆったりと感じて幸せを見つけます。
多くを求めなければ、平穏、幸せ、愛を見出し、
すでに今ここにあるものに感謝します。

息を吸って吐くとき、
あなたの体がどう感じているかを確かめてください。
深く呼吸すれば体の緊張がほぐれて、
安心、解放感、結びつきの感覚に満たされます。
打ちのめされ、孤独を感じたらいつでも、
呼吸に意識を戻して、平静と集中を取り戻しましょう。

何かがどうしてもほしいとき、
欲求のエネルギーのせいで、
あなたは緊張して必死に見える。
結果を天にまかせて深く息を吸い、笑ってみましょう。

禅僧の社会では、
この言葉はすばらしい賛辞になります。

「この僧は本当に心が落ち着いている」
彼はすべてを手放して、真の自分を理解しているのです。

感謝の心をよく見れば、
そこに輝きと平穏を見出すでしょう。
輝きと平穏をよく見れば、
悟りと落ち着きを見出すでしょう。
よく瞑想する人が、よく感謝するのはそのためです。

野心を抑えれば、働きすぎることはありません。
働きすぎなければ、健康を害することはありません。
健康でいれば、心のバランスが取れるでしょう。
心のバランスが取れれば、
ささやかな出来事に幸せを見出せます。

よく眠るための7つのヒント

❶ 15分間の心配タイムを設けましょう。
心配ごとが浮かんで眠れないなら、
毎日15分間、あえて心配する時間を作ります。
心配ごとと、適切な行動計画を書き出してください。
それが終わったら深呼吸して眠りにつきましょう。
やるべきことを忘れる心配はもうありません。

❷ 感謝していることを3つ見つけましょう。
一日を穏やかな思いで締めくくれば
温かい心で気持ちよくぐっすり眠れます。

❸ 本を読むか、静かな音楽を聴きましょう。
スマホやテレビ画面から出るブルーライトは
睡眠ホルモンと呼ばれるメラトニンの分泌を妨げるともいわれます。

本や穏やかな音楽をお勧めします。

❹ 就寝する2時間前には部屋を少し暗くしましょう。
ベッドに入る2時間前に照明を落とせば、
体は眠りにつく準備ができます。

❺ お酒を飲んではいけません。
お酒を飲んでから眠りにつくと、夜中に目覚めて、
もう一度深い眠りに落ちることがなかなかできません。

❻ ベッドに入る90分前に温かいシャワーを浴びましょう。
温まってリラックスしたあと、体温が下がるにつれて
眠くなります。

❼ 室温を下げましょう。
暖かい空気は眠りを妨げます。

物質的な富があなたの人生の最終目標なら、
お金はたくさん稼げても、
寂しい人生を送るかもしれません。
お金は川のように流れてこそ輝きます。
流れをせき止めれば、お金は悪臭を放ち始めます。
分かち合えば、与えるより多く受け取ることができます。

成功はあなたがどれほど豊かであるかだけでなく、
夜、どれほどぐっすり眠れるかによっても測られます。
「成功」しても、
心がずっと不安でよく眠れない人々は
驚くほど多いのです。

6時間睡眠と7時間睡眠では
体に大きな違いが出ます。

睡眠時間が1時間少ないだけで、食べすぎと
ゆううつに悩む可能性が高くなります。
集中力が衰え、人づきあいがうまくいかなくなるかもしれません。
だから明日のために早く寝てください。

平日の夜に十分眠れない人は、
週末に長く寝れば
睡眠不足をいくらか解消できます。
だから土曜の朝は寝坊してもいいことにしましょう！

多くの人が興奮と幸せを勘違いしている。
興奮して有頂天になっても、
長続きせず、心は平穏でいられない。
長続きする幸せは、平穏の中に根を下ろしている。
――ティク・ナット・ハン（禅僧・詩人）

大成功した人は、
しばしば達成したものを維持するために
悩みと不安にさいなまれます。
成功すれば手に入るかもしれないものだけでなく
失うかもしれないものも考えておきましょう。
壮大な野心を実現できたとしても
成功は健康を損ない、家族と友人を遠ざけ、
自由な時間をすべて奪い去るかもしれません。

私たちは地球を愛することはできても、
所有することはできません。
宇宙の時間の尺度で見れば、
人間はほんの一瞬の存在でしかありません。
地球をわがもの顔に利用するのはやめて、
地球を守る管理人となるべきです。

世界にはすべての人の必要を満たすために
十分なものがあるが、
すべての人の強欲を満たすには足りない。
――マハトマ・ガンジー（思想家）

今持っていないものに気を取られると、
何かが足りない人生を送ることになります。
すでに持っているものに目を向ければ、
感謝の人生を送れます。

心のよりどころはどこに？

あなたは自分だけの避難所を持っていますか？　疲れ果てたときに一人になってひと息ついて、静かな癒やしの時間を過ごせる場所です。**元気を取り戻せるこのような場所を、スペイン語では「ケレンシア」と呼びます。**闘牛場で牛が闘牛士と戦ったあと、休んで体力を回復させる場所のことです。人生という名の戦いで傷つき、疲れ切ったとき、人間にも自分だけの聖域が必要です。

朝鮮半島南端にある美しい仏教寺院、美黄寺《ミファンサ》が私のケレンシアです。つい最近、私は光州広域市での講義を終えました。たぶん暑くて湿度が高い気候のせいで、私は疲れやすく、食欲が落ちていました。日程表を見ると数日の休みがあったので、私は喜んで癒やしの場所である美黄寺へ向かいました。ここは海南郡の「地の果て」にあるため、そこまで行くには旅支度が必要で、しかも長旅になります。しかし苦労すればするほど、たどり着いたときの喜びははかりしれません。

自然の中で感覚を研ぎ澄ます

まずなによりも美黄寺はとても美しいところです。この寺を屏風のように囲む達摩山は、岩の峰々が空に向かって尖塔のようにそびえ立ち、見る人の目を驚かせます。寺の本堂は長年のあいだに鮮やかな塗装が剝げ落ちて、かえって趣があって自然になじみ、心を落ち着かせてくれます。安置されている仏像は大きさも見た目も控えめですが、まるでご先祖様のように懐かしい感じがします。本堂のまわりには真夏でさえ青と紫のアジサイが咲き誇り、さらに歩けば小さなお堂に悟りを開いた仏陀の弟子たちが祀られています。

人は美しいものに出会うと、雑念だらけの心が自然に休まって、穏やかになります。

美黄寺でまばゆい夕日を見ると、せわしない心が静まり、沈む太陽の美しさに目を奪われます。親しい友人と一緒にお堂の板敷きの床に座り、南の海に浮かぶ島々のあいだに沈んでいく太陽を眺めるところを想像してみてください。早朝のお勤めを終えたあと、お堂を出て達摩山に立ち上る霧を眺め、青い空の低いところにかかった月がお堂のひさしにぶら下がっているように見えるのを眺めると、どんなにかたくなな心も和らぎ、健やかさを取り戻せます。

人とつながる時間をもつ

私が美黄寺を愛するもう一つの理由は、そこですばらしい人たちに会えるからです。住職のクンガン師は50歳を超えていますが、いつも若々しく見えます。誰が訪ねていっても、遠くからよく来たと心から歓迎してくれる態度には、心を動かされずにいられません。住職は時間も労力も惜しまず来訪者をお茶と果物でもてなし、彼らの話に耳を傾けます。また、すぐれたユーモアの持ち主でもあります。この寺の寺務所で働く誰もが、おそらく住職を見習って、親切で思いやりにあふれています。

住職の部屋を訪れると、住職の字で「大いなる優しい手が私を守っている」と書かれた絵が目に入ります。それを見て、私たちはここでは一人ではないのだとあらためて感じます。**つらいことがあると、まるでこの世界にひとりぼっちで投げ出されたかのように、人生は寂しく虚しいものだと感じます。しかしこれは事実ではありません。**私たちが目で見るものだけが世界ではないのです。目には見えなくても、慈悲深い力が存在します。その力は仏性、神の愛、あるいは私たちすべてを取り巻く無限の叡智と慈悲として知られています。

しかし疲れ果ててしまったときは、心身ともに消耗しきっているので、この力を感じ取れません。自分の人生を自分でコントロールできないと感じ、意欲と前向きな気持ちを見出せなくなります。そんな状態に陥ってしまったら、たとえ半日だけでも景色のきれいな場所へ出かけてみてください。見慣れた場所から足を踏み出し、新しい環境に身を置けば、感覚が研ぎ澄まされます。自然の中で過ごし、初めて見るものを食べ、気になった店や美術館や博物館に行きましょう。愛する人と旅をするなら、その機会に率直な会話をしてください。こうして元気を回復し、もう一度人とつながる時間を持てば、生き返ったように感じて、困難に挑む勇気が湧くでしょう。

これを読んだあとでもし美黄寺に行く機会があれば、きっと後悔しないはずです。響き渡る鳥の声、にぎやかな虫の鳴き声、さわやかな朝の空気、寺の境内に穏やかに響く鐘の音は、あなたを癒やしと自己発見の道にいざなうでしょう。美しい達摩山のふもとで住職から出されるお茶を味わえば、心配と不安は沈む太陽のように姿を消し、本当の自分をふたたび見出せるはずです。

新緑に変わる山々、
桜を追うようにほころびる春の花々、
澄んだ夜空に光る月と星の輝き。
見回せば、美はいたるところにあります。

美しい場所では、
そこにあるすべてが貴重に見える。
自尊心がどん底に落ちたときは、
美しい場所を探して
そこでしばらく過ごしてみましょう。
自分を見る目が変わって
自分自身の価値と美しさに気づくでしょう。

無垢で美しい自然の中にいると、
心はたちまちリラックスし
自分を含めて
すべてが魅力的で唯一無二だと感じられます。
たぶん私たちは
めったに無垢で美しいものに出会わないから
攻撃的になり、疲れ果ててしまうのです。

あなたの住む町で隠れた宝物を見つけましょう。
近くのカフェの奥まった居心地のいい席、
大きな高い木の下の穏やかな片隅、
お気に入りの本屋の座り心地のいい椅子、
美術館で大好きな絵を眺められるとっておきの場所。
こうした場所に通って、
自分自身とふたたびつながる時間を持ちましょう。

あなたの居場所を美しくする一番簡単な方法は、
家を片づけることです。
長いあいだ使っていないものを捨てて、
残ったものを適切な場所に置きましょう。
賞味期限の切れた食品、古い新聞、
ぼろぼろのスニーカー、
統一性のない装飾品から手をつけましょう。
そうすればあなたの家は
大切で美しい場所になるでしょう。

部屋を居心地よくするもう一つの方法は、
たとえ新しいものをもらっても、
同じものをいくつも同時に使わないことです。
一度に3種類の歯磨き粉を使う必要はありません。
一つ使い終わったら、

新しいものを出しましょう。
そうすれば散らかるのを防げます。

知恵は複雑さの中にある
単純さを理解させます。
美しさは単純さの中に潜む
複雑さに気づかせてくれます。

人は人生に意味と目的を求めます。
人生の本当の意味は
自分の利益を追求するより、
ほかの誰かに尽くすことで簡単に見つけられます。
誰かを助ける人生を送れば、
自分の存在の意味と目的を感じられます。

他人に尽くし
自分を忘れることで
自分自身を発見できる。
――ハーマン・ハレル・ホーン（作家）

自分のことばかり考えるのをやめて
他人の幸福を心から願い、
必要なときに協力と支援を惜しまなければ
不安は減り、幸福感が高まります。

この世界のすべては
互いに結びつき、
支え合っています。
だから親切な行動をすれば

結びつきは強まり、
私たちの本来の性質である幸福感が得られるのです。

ものごとが思いどおりにいかなくてつらいとき、
問題をどうやって解決したらいいか
わからなくて困っているとき、
ささやかな親切をして徳を積んでください。
たとえばまわりの人に感謝の言葉を伝えたり、
意義のある目的のために少しでも寄付をしたり、
困っている誰かに手を差し伸べたり。
あなたの問題に直接関係なくても、
そのうち不思議なめぐり合わせで
あなたを助けてくれるでしょう。

幸せになりたければ、
いつもと違うことをしてみましょう。
帰り道で普段と違う道を歩いたり、
いつもお馴染みの料理ではない新しい食べ物に挑戦したり、
家具の置き場所を変えてみたり、
普段読まないジャンルの本を選んだり、
テーブルに飾る花を買ったり。
前向きな新しいことを体験すると
幸せを感じられます。

私を幸せにしてくれる12のこと

❶ 土曜日の朝のヨガ。
❷ ワカモレ(アボカドソース)を作る。
❸ 新しいしゃれたカフェを見つける。
❹ 机に花を飾る。
❺ 整理整頓された部屋。
❻ 学びの多い話を聞く。
❼ 森の中でのんびり散歩。
❽ 無料食堂でボランティア。
❾ 母親に電話をかける。
❿ 親しい友人と一緒に夕飯を作る。
⓫ 早朝の静けさを楽しむ。
⓬ 本を読みながらゆっくりお風呂に入る。

幸せと「楽しさ」を混同すると、
幸せを感じられないまま
人生の大半を過ごすことになります。
幸せとは
「持てる力を最大限に発揮する努力をしているときに感じる喜び」だと
古代ギリシャ人は定義しました。
今あなたは力を発揮するために努力していますか。
幸せは自分の力を発揮する旅の途中で見つかります。

若々しい心でいたければ、
新しいことを学ぶといいでしょう。
何歳になろうと、学ぶ立場になれば
学びから得られるたくさんの喜びを味わい、
はつらつとした気持ちでいられるもの。
他人に頼らずに
幸せになる方法も見つかるでしょう。

学びは成長につながります。
成長は幸せをもたらします。

誰かに頼らず、
一人の時間を楽しむ方法を知っている人は
自由な人です。
時間がいくらあっても、
それだけで人は自由になりません。

大きな課題を抱えて苦労しているなら、
目の前の小さな課題に全力を尽くしましょう。
今できることは小さくても、
小さなことが積み重なって大きくなります。

過去のあなたは小さなものであったが
未来のあなたは非常に大きくなるであろう。
——旧約聖書 ヨブ記8章7節

ピザがおいしいかどうかは
最初に一口かじった瞬間にわかります。
ピザの味は
クラストにする生地が
どれほどていねいに作られたかで決まります。
ピザ生地の基本がきちんとできていて初めて、
ほかの具材が引き立ちます。
あなたの仕事がうまくいっていないなら、
基本をおろそかにしていないかどうか見直してみましょう。

私たちは心の中で、
幸せになるためのさまざまな「条件」を作ります。
この条件が満たされて、
初めて幸せになれると考えるのです。
でも本当は、私たちが幸せでないのは
そんな条件があるせいです。
その条件のせいで私たちは「まだ足りない」と感じ、
今この瞬間に
すべての美しさと幸せを味わうことができません。

私たちが幸せになるのは
ほしいものをついに手に入れたときではなく、
ほしいものを追い求めるのをやめて、
やっとリラックスしたときです。

せわしない心に平穏を見つける

最近、しばらくやり取りのなかった学生時代の友人から、久しぶりに連絡をもらいました。勤めている会計事務所のパートナーに昇進したそうです。友人はとても謙虚で、自分は運がよかったのだと言いましたが、私は彼がどれほど努力してきたか知っています。そして若い頃から頭がよくて働き者だったので、職場で評価されるのは当然だと思いました。彼が私に夕食をごちそうしたいと言ったので、私は喜んで承諾し、待ち合わせの予定を立てました。私は彼と昔話をして、昇進を祝いたいと思いました。

私たちは2枚の蕎麦とキムチのチヂミ1皿をはさんで向かい合いました。どんな高級料理もこれにはかないません。焼けつくような夏の暑さの中で、大根おろしと薄く刻んだ青ネギを添えた冷たいつゆで食べる蕎麦ほどおいしいものはないでしょう。冷たい蕎麦にキムチのチヂミは相性抜群でした。私は蕎麦に舌鼓を打つ友人を見てうれしくなりました。私たちは近況を語り合いました。

友人の話を聞いて、40代で会計事務所のパートナーに昇進するのは信じられないほどすごいことなのだとわかりました。友人はこの高いハードルを越えたので、会社での待遇が一変し、社用車と執務室を与えられたそうです。個人秘書さえいるのです。しかし**友人の表情は幸せいっぱいというふうには見えませんでした。**パートナーになったあと、パートナーにも階級があり、彼のように昇進したばかりの下級パートナーには実際にはなんの権限もないことがわかったと彼は話を続けました。事務所で実際の権力を持つには、少なくともあと2段階昇進しなければならないのです。友人はそれまでパートナーになりさえすればいいのだと思っていました。しかし、**山の向こうにはまた山があったのです。彼はまだ現状に満足していませんでした。**

これを聞いて、私は彼を祝ったらいいのか、慰めたらいいのかわからなくなりました。しかし考えてみれば、私たちの人生の多くはこれとよく似ています。私たちは長年追い求めた目標を達成し、その先に待つ新しい世界に意気揚々と足を踏み出せば、すべての問題は消えてなくなるはずだと誤解しています。しかし、これは事実ではありません。その新しい世界でも、新しいルール、異なる社会的階級、微妙な差別が私たちを待ち受けています。

同じことは私にも言えます。最初、私は俗世を離れ、剃髪して修行に身を入れるだけでいいのだと考えていました。しかし、僧になる志願者としておよそ1年間過ごしてから見習い僧になると、今度は正式に出家した僧になるための段階が待っていました。出家したあとでさえ、修行を積み、さまざまな試験を受け、4段階ある僧の階級の一番上まで昇るために一心不乱に努力する必要がありました。

私は学生時代と同じ気持ちを味わいました。当時の私はハーバードへ留学さえすれば幸せになれると考えていました。しかし入学してみると、学部生、ロースクールの学生、ビジネススクールの学生の方が、私のような神学大学院の学生に比べて一目置かれ、尊敬されているのに気がつきました。**夢見ていた世界に入れたからといって、そこで旅が終わり、いつまでも幸せに暮らしましたというわけにはいかない**のです。

目標を達成することと幸せを混同しない

一つの目標を達成したあと、次の目標を達成するために勤勉に努力することが悪いと言うわけではありません。努力はすべきです。しかし、幸せと、重要な目標を達成するときに味わう高揚感を同一視するのは危険です。その二つを混同してしまったら、目標を追い求めながら過ごす数えきれないほどの日々にどんな意味があるのでしょうか。なんの変哲もない日々だと思いながら毎日過ごさなければならないのでしょうか。さらに、幸せと高揚感を同一視する場合、大きな目標を達成した高揚感がしばらく続かなければ意味がありません。しかしよく知られているとおり、高揚感は決して長続きしません。すぐにもっと大きく立派な目標を目指すようになり、一刻の猶予もなく新しい目標に向かって走り出します。

私たちはここで重要な気づきを得なければいけません。最終的な目標が幸せだとすれば、ここにない何かを探し続けて心が落ち着かないあいだは、幸せを味わうことはできません。**どこか別の場所で幸せを探すのをやめて、今この瞬間に心にゆとりを持てば、探し求めていたものが手に入ります。**

たとえばずっとほしかった家、車、バッグを買えば、このような表面的なものが自分を幸せにしてくれたと感じるかもしれません。しかしよく考えると、私たちを幸せにしたのはもの自体ではなく、ものを追い求める行為を一時的にやめた結果、心の安らぎが得られたからだとわかります。ものによって幸せと平穏が得られたのなら、それらを所有しているかぎり私たちは幸せで穏やかでいられるはずです。しかし実際にはそうはいかず、すぐにほかのものを追い求め始めます。

だから、ほんのつかのまの安らぎを絶えず追い求めてはいけません。**幸せと平穏につながる近道は、この瞬間に心にゆとりを持ち、すでに持っているものに感謝することです。**何か大きなことを成し遂げなければ幸せになれないという考え方をやめれば、感謝し、自分がどれほど恵まれているかに気づけます。

非の打ちどころのない幸せな瞬間が訪れるのを一生待ち続けるか、幸せを追い求めず、幸せは思ったより近くにあると気づくか、あなたはどちらでも選べます。

第 4 章

寂しさに
襲われたとき

私たちはなぜ寂しいのか？

人はなぜ寂しさを感じるのでしょうか？　まわりに誰もいないからではありません――多くの人は親、配偶者、子どもと一緒に暮らし、一人暮らしの人にも毎日顔を合わせる同僚や連絡を取り合う友人がいるはずです。しかしこうした人々に囲まれて暮らしていても、私たちは寂しさを感じます。お金、権力、名声があっても、それだけで寂しさから守られるわけではありません。実際に、人は失うものが多ければ多いほど、近寄ってくる他人を警戒し、ますます寂しくなります。韓国の詩人リュ・シファは、「君がそばにいても僕は君が恋しい」と書いています。**たとえそばに人がいても、寂しさを感じる場合があるのです。**それはなぜでしょうか？

アメリカの心理学者カール・ロジャーズは、人が寂しさを感じる理由をこう説明しています。**私たちは本当の自分をさらけ出したら、人に受け入れてもらえず、批判され、拒絶さえされるのではないかと恐れています。**心を開いて真の自分を見せることで、人々ともっと深く結びつきたいと思っても、相手がそれを受け入れてくれる保証はありません。それどころか私たちの秘密をほかの人にばらしてしまう危険もあります。だから私たちは他人に本当の自分を見せるのをためらい、社会的な仮面をかぶり続けます。本当の自分を隠して安全で表面的なつきあいを続けていれば、批判されて傷つく心配はありません。しかし、それではいつまでたっても深く意味のある結びつきは期待できません。だから私たちはしばしば心の中に寂しさを抱えたままなのです。

学校や職場でなかなか本当の自分を見せられない理由は理解できます。しかし他人はともかく、家族に本当の自分を見せられないのはどういうわけでしょうか。両親と子どもたち、兄弟姉妹、配偶者のあいだに心理的な壁があるのはなぜなのでしょうか。カール・ロジャーズによれば、安心できる環境で親が無条件の承認と肯定的関心を子どもに与えなければ、子どもの中に心理的な壁ができます。親自身が自分の親から尊重された経験がないと、子どものときに親からされたとおりに自分の子どもの考え方と行動を批判し、コントロールします。一例を挙げると、親の期待どおりの行動をしたときだけ子どもを認めて褒めると、子どもは次第に自分の感情に関心を払わなくなり、親の期待と指示を気にするようになります。このような環境で育てられた子どもは、親の前で本当の感情を自由に表現できなくなり、日常的に感情を抑え込んでしまいます。感情を隠し、平気なふりをすることに慣れてしまうのです。

兄弟姉妹や配偶者とのあいだも同じです。家族は密接な関係にあるため、遠慮はいらないとか、家族のことならなんでもわかっていると考えがちです。だから私たちは家族の言うことに耳を傾ける必要があるとは思わなくなります。大人になるにつれて家族と過ごす時間は減り、学校の友人や職場の同僚と過ごす時間が増えていきます。次第に家族が経験を共にする機会は減り、ついには住む世界が違ってきます。こうした理由から、私たちの多くは家族より友人の方が心を開いて話しやすくなります、それでも私たちは本当の飾らない自分をさらけ出せば、家族が味方になり、気持ちを理解して、ありのままの自分を温かく受け入れてくれると期待します。しかし**残念ながら、現実は必ずしも期待どおりになるとはかぎりません。**

自分を受け入れてくれる関係をはぐくむ

家族が私たちを批判せず、心から受け入れてくれたらどうなるでしょうか？　その場合、私たちは自分の考えと感情を仮面の下に隠す理由がなくなり、怖がらずに自分を表現できるはずです。そうした環境で育った子どもたちは自分の可能性を最大限に発揮し、生き生きとした人生を送れるでしょう。彼らは自分の選択に自信を持ち、人の意見に簡単に惑わされません。たとえ失敗しても、その失敗の責任を受け入れ、少したてばふたたび立ち上がれます。また、彼らは他人を尊重し、思いやりを持って行動します。尊重された経験のある人は、他人を尊重する方法を知っているからです。

もちろん、成長するときに誰もが親やきょうだいに自分をありのままに受け入れてもらえたわけではありません。だからといって、人生を悲観しなくてもいいのです。**私たちを受け入れ、支えてくれる人々と良好な関係を築くのに遅すぎるということはない**からです。それは人生の少し先を歩んでいる先輩かもしれないし、ずっとそばにいてくれた大切な友人かもしれません。あなたの人生にそんな人がいないなら、信頼できる臨床心理士やカウンセラーを見つけてください。彼らの受容と支えがあれば、次第に他人の意見が気にならなくなり、自分に自信が持てるようになります。

私たちは誰でもときには寂しさを感じます。心の中の本当の思いを誰かと分かち合えないときは、特に寂しくなるでしょう。あなたのそばにいる人が、心を開いて胸のうちを打ち明けようとしたら、批判を控えて、思いやりのある温かい態度で耳を傾けてください。そしてあなたももう少し心を開いて本当のあなたを見せられたら、相手は心の扉をもっと広く開けてくれるでしょう。そうすればいっそう深く意味のある関係をはぐくめるはずです。

人は人生の中でいくつもの役割を果たしています。
親、配偶者、娘、姉、姪、友人、
上司、同僚、教師、学生、隣人などです。
しかし、私たちは一人の人間について、
そのうち一つか二つの役割しか知りません。
だから自分はこの人をよく知っていると思っていても、
実際にはその人のほんの一部を知っているにすぎません。

人間関係がうまくいかないのは
私たちが相手を理解しようとしないくせに、
相手には自分を理解してほしいと求めるからです。
私たちはお互いに
ちょっと聞いてよと言いながら、
自分は人の言うことは聞こうとせず、
自分の言いたいことだけ言おうとします。

そのために声を張り上げて、
いっそう相手を遠ざけてしまうのです。

私が寂しいと言うと、
寂しいのはあなただけではないと言われた。
そんな答えが聞きたかったわけではないのに。
今、私は前よりももっと寂しいのです。

人々が私に共感して、
私が言いたいことを真剣に聞いてくれるとき、
私は彼らと深い結びつきを感じます。
しかし何時間話し合っても、
彼らが自分の言い分を繰り返し、
私の考えを理解しようとしなければ、
私は精神的に疲れ果て、
寂しさを感じます。

ありのままのあなたを受け入れてくれる人が一人でもいれば、
心の健康が保たれ、前に進む勇気が出ます。
そんな人にまだめぐり会っていないために苦しんでいるなら、
自分に合った臨床心理士を探しましょう。
友人はあなたの話をさえぎるかもしれません。しかしすぐれた臨床心理士は
あなたが語り終えるまで、あなたの話を受け入れて、じっくり耳を傾けます。

体調がよくないときは、なんのためらいもなく医者の診察を受けます。
しかし心が弱っているときは、自分でなんとかできると考えて、
なかなか専門家を頼ろうとしません。
それでは必要以上に状態を悪化させてしまいます。

疑り深い人々はなかなか他人を信頼できないので、
ずっと孤立してひとりぼっちです。
うぬぼれの強い人はなかなか「普通の」人とつきあえないので、

ずっと孤立してひとりぼっちです。

私たちが寂しい理由は
まわりに人がいないからではなく、
彼らに心を閉ざしているからです。
心を開いて自分から話しかける勇気を持ちましょう。
自分たちに共通点がどれくらいあるかを知って
きっと驚くでしょう。

親に自尊心とユーモアのセンスがあれば
生活が苦しくても、
子どもたちの自己肯定感は高く、幸せな大人に成長できます。
反対に、親が自分の経済状態や
子どもに与えられる教育の質を棚に上げて、
自分の子を恥ずかしいと考えていると、
子どもたちは成長してから精神的な問題に苦しむかもしれません。

私たちはそれぞれの人生で、自分だけのダンスを創作します。
失敗、失望、傷心も、そのダンスの一部です。
親が子どもを手助けしたくて代わりにダンスをしようとしても、
子どもはいつか自分でダンスのしかたを学ばなければなりません。
子どものダンスは子どものもの。あなたのものではないことを忘れないように。

私たちはどんなに純粋で立派な意図を持っていても、
人に利益よりも害を与える場合があります。
自分にとってよかったことは、
ほかの人にとってもいいはずだと
誤解しているからです。
だから誰かのために何かをする前に、
その人が本当にそれを望んでいるかどうか考えてみてください。
相手が望まないことをすれば、
その人のためになるどころか、
傷つけてしまうかもしれません。

親の責任を果たそうとするあまり、
成長した子どもの問題まで
親がなんとかしようとしてはいけません。
子どもの問題を何もかも親のせいだと考えて、
自分を責めすぎてもいけません。
たとえわが子であっても、私たちはほかの誰かの人生の
責任を取るべきではないし、実際に責任は取れないのです。

自分よりきょうだいの方がかわいがられていると思って、
もっと自分を見てほしいと
親に訴えても、
親はたぶん言い訳をして、態度を変えないでしょう。
親に変わってほしいと望むのはやめましょう。
あなたがもっと傷つくだけかもしれません。

あなたが親を親としてではなく、
間違うこともある人間として理解できたら、
そのときこそ私たちは大人になれます。

人は不安と心配を抱えていると、
急に人が変わったようになることがあります。
あなたの知っている誰かが、その人らしくないふるまいをしたら、
気づかないうちにその人に不安と心配を与えていないか考えてみてください。

寂しさと孤独は違います。
寂しさは、ひとりぼっちで誰かを求める気持ち。
孤独は、ひとりぼっちでも穏やかな気持ち。
状況は同じでも、心のあり方によって、
どうしようもなく寂しい人もいれば、満ち足りて自由な人もいます。

寂しさは自己の欠如、孤独は自己の豊かさである。

――メイ・サートン（小説家・詩人）

一人でも心の自由を楽しめる人がいる。
しかし一人でいるのがいやで誰かと一緒にいたいと思えば、
一人でいることはたちまち寂しさに変わります。

一人でいることには数えきれないほどの利点があります。
生産性を高め、自分の成長だけに集中できます。
一人でいれば自分の心の声に耳を傾け、
外部の意見に惑わされず重要な決断をする機会が持てます。
他人の希望に合わせる必要がなく、
自分が楽しめる行為に没頭できます。
最後に、一人でいれば独立心が高まり
誰かに言い訳する必要が少なくなります。

世界で一番大切なのは
自分自身に所属する方法を知ることだ。
――ミシェル・ド・モンテーニュ（思想家）

私たちはしばしば退屈を寂しさだと考えます。
しかし見方を変えれば、
退屈は数えきれない可能性でいっぱいの自由時間。
することがないからといって、寂しいと思ってはいけません。

ゆううつになるのは、与えられた現実のせいではありません。
ゆううつは私たちが現実を解釈する心から生まれます。
現実は、そのままでは未加工のデータにすぎません。
現実に意味を与えるのは心の仕事です。
だから解釈次第で、

同じ現実がまったく違って感じられます。
それなら自分のためになるように解釈すればいいのです。

起きてしまったことはもう変えられませんが、
それをどう解釈し、
どう対応するかは自分で決められます。
残念な出来事でも
自分の人生をよりよくするための
待ちに待ったターニングポイントだと考えられます。

神がぼくらをひとりぼっちにして、
ぼくら自身のもとへみちびきうる道は、
いくつもある。
――ヘルマン・ヘッセ（作家）

「つながっているのに孤独」な時代

私は電話よりメールで連絡を取る方が好きです。たぶんメールは便利なだけでなく、押しつけがましくないと考えているからでしょう。電話が鳴ったら、そのとき何をしていても手を止めて電話に出なければなりません。誰かと話していても、ひとこと詫びて会話を切り上げなければいけません。食事中ならスプーンを置いて食卓から立ち上がり、電話を取る必要があります。電話のベルの音は、バスの中、劇場、図書館、教室のように静かな場所では特に周囲の人の邪魔になります。また、公共の場所にいるときは、電話に出るためにまわりに人がいない場所に移動しなければならないのも不便です。

しかしメールなら、時間があるときにチェックして、都合のいいときに返信できます。電話をかけてきた相手の都合に合わせて場所や予定を変える必要はありません。また、メールの方が簡潔で的を射た内容にしやすく、電話で話すときのように挨拶に時間をかけなくてすみます。グループチャットを使えば、一人一人に電話をかけて同じ内容を伝えなくても、同じメッセージを同時に数人に送れます。この種の文字によるコミュニケーションはスマホアプリの発達とともに、ますます当たり前で一般的なものになり、メールはほとんどの人にとって日常生活で普通に使われるコミュニケーション手段になりました。

しかし文字による連絡手段の方が便利で誰もが使っているとしても、本当にその方がすぐれているのでしょうか？　**私たちはスマホをじっと見て、しょっちゅう人とメッセージをやり取りしますが、奇妙なことに、それでもまだ寂しさを感じています。**私たちはインターネットの世界に入って、いつでもどこでも実質的に無料で人とつながれます。しかし最近では、インターネットの中にいる人々の方がもっと疎外感と寂しさにさいなまれているように見えます。どうしてこんな皮肉な状況になったのでしょうか？

「つながっているのに孤独」なのはなぜ？

マサチューセッツ工科大学の臨床心理学者シェリー・タークルは、現代の私たちの状況を「つながっているのに孤独」（『つながっているのに孤独』渡会圭子訳、ダイヤモンド社）と表現しています。たとえ同じ場所にいても、別々のスマホアプリを通じて、心は別の場所に行ってしまっているからです。子どもと同じ部屋にいても、親の方はしばしば目はスマホに釘づけで、ゲームをし、友だちにメッセージを送り、SNSに夢中になって、子どもとまともに関わろうとしません。同じことが大人同士にも言えます。職場での会議中や、友人との食事中でさえ、ほんの少し会話が途切れるとすぐにスマホを取り出して、メールなどのアプリをチェックします。

タークル教授は、**インターネットを通じたこのようなつながりは本当の意味での「コミュニケーション」ではない**と述べています。メッセージを送り合っていても、どちらか一方がこのやり取りを続けたくないと思えば、なんの言い訳もせずにいつでも会話から抜けられます。相手と直接話していたら、そんなことはとてもできません。たとえば実際の会話の最中に、そんなつもりはなくても相手を傷つけることを言ってしまったら、相手の反応を見て、表情や声の調子でどれほど傷ついているかわかります。しかしメッセージのやり取りでは表情や声の調子は伝わらないため、相手の心の痛みを感じ取るのは容易ではありません。いやな思いをさせたとしても、どれほど傷つけたかを知る方法はないのです。なによりも、腹立たしい人や気に入らない人がいたら、さっさとブロックしてしまえます。

スマホでしかつながれない？

スマホの使用によって生じるもう一つの新しい現象は、肌身離さずスマホを持っていないと落ち着かず、不安にさえなることです。まるで服を着ないで外に出てしまったかのように、頼りない気持ちになります。常にメールをチェックしたり、SNSで他人の生活をのぞき見たりするのが習慣になっているため、私たちはインターネットでつながらないでいる状態に我慢できません。友人にメッセージを送ったのにしばらく返信がないと、無視されたか、見捨てられたとさえ感じます。そしてますます一人でいるのが耐えられなくなります。

韓国の有名な人文学者で友人のコ・ミスクに、多くの人が寂しさを感じているのに、電話や直接会って話すのは気が重いと考えるのはなぜだろうと聞いてみました。彼女は、**みんな誰かとつながっていたいけれど、そのために居心地の悪さや不便さを感じたくない**のだろうと言いました。たとえば誰かと面と向かって話したければ、まず会うための時間と場所を決め、会いに行く前に準備し、食事やコーヒーの代金を支払い、しばらく相手の話に耳を傾ける必要があります。そう考えると、この一連の対応はかなりの手間がかかります。そんな時間と労力を使いたくないので、私たちは直接会うのを避けて、手軽なスマホで連絡を取り合うのでしょう。もう一つの例は、メールで別れを告げる場合です。短いメールでさよならを言えば、相手ががっかりしたり怒ったりするのを見なくてすむため、便利で安心です。自分自身は傷つくことなく、安全な場所にいられます。

しかしコ・ミスクは、この種のコミュニケーションに頼っていると、**直接会って話すことで得られる美しいものやよいものを経験する機会を失ってしまう**と言います。自分たちは仲間だという感覚、相手を深く知るにつれて感じる絆、理解され、尊重されることで得られる喜び、相手の弱さを知り、歩み寄るというすばらしい経験、普段は誰にも言わない個人的な話や重要な情報を分かち合うこと——これらはすべて人と直接会わなければ得られません。

スマホを置いて、自分や相手と向き合う

この新しい寂しさを本気でなんとかしたいと思うなら、多少の不便さを味わってでも、直接会って話す機会を増やす必要があります。たとえば「いつか会おうね」と言い続けてきた友人と本当に会う約束をしてみましょう。

しばらく「スマホ断ち」をするのもお勧めです。スマホを置いて、読書や散歩、自宅での瞑想など、一人で過ごす時間を楽しんでください。誰かと一緒にいるのと同じ

くらい、一人でいるのを楽しめたら、どんな状況でも心の平穏と充足を感じられるでしょう。

子どもの頃は鍵のかかる引き出しに日記を隠して、
誰にも見られないようにしていました。
それなのに今ではＳＮＳで、日常のこまごましたことを
人目にさらすのは不思議です。

ＳＮＳは人と人をつなげるために作られました。
それなのに人々は今までにないほど現実の世界から疎外され、
孤立していると感じている。なんと皮肉なことでしょう。

昔の友だちに久しぶりに連絡を取って、一緒に食事をしました。
しかし友だちには連れがいました——スマホが一緒だったのです。
話をしながら、彼の関心は私とその連れのあいだで行ったり来たりして、
私に集中していませんでした。

スマホが発明されて以来、
私たちは人との距離を縮めたいと思いながら、
一緒にいるのは気が重いと感じます。
あなたもそう感じるときがありませんか？

遠いところに住んでいる友人とは
メッセージのやり取りをするのに、
外にいる隣人と立ち話はしない。
同じ政治的意見を持つ人々とオンラインでつながれても、
日々の感情を分かち合える誰かを見つけるのは難しい。
私たちはそんな時代に生きています。

誰かに面と向かって言えないことなら、
ＳＮＳに上げるのは考えなおした方がいいでしょう。
何気なく投稿した批判が、誰かを深く傷つけるかもしれません。

昔カナダでハイキングしたときに撮った
きれいな写真をＳＮＳに投稿しました。
その写真を見て、誰もが
うらやましいと言いました。
だけどその写真からは、
私がほかにどれだけたくさんの写真を削除し、
どれだけ必死に蝿を追い払いながら
景色のいい場所にたどり着いたか、
その写真を撮っているあいだ、どれだけ空腹で疲れていたかはわかりません。

あなたならどちらを選びますか？
１０００本の新しい花と
一人の新しい本当の友だちなら？

私たちが寂しいのは、たぶん一人の友人に多くを求めすぎるからです。友人は正直で思いやりがあり、忠実で賢く、信頼できなければならないとか、趣味や生活水準、政治的見解が同じでなければならないとか。

これでは寂しくて当然です。友人と気が合う分野が一つでもあれば、その友人と会って同じ関心を分かち合えばいいのです。すべての分野で一致する友人を見つけようとすれば、いつまでたっても寂しいままです。

自分の人生を振り返ってみると、だいたい7年から10年おきに新しい親友ができたと思います。

友だちとなかなか会えなくなって——たぶん引っ越しや結婚、転職、あるいは彼らがただ忙しくてあなたに会う暇がなくなったせいで——寂しいと感じているなら、少し待てばいいのです。

あなたが望めば、宇宙はあなたに新しい親友を与えてくれます。

数多くの成功した人々に会ったレポーターから聞いた話です。
「成功した人に共通しているのは、どれほど多くの人に会っても、
決してうんざりしないことです」
新しいチャンスとアイデアは人と話すことから生まれます。

本気で人生をよくしたいなら、
誰かが来て人生を変えてくれるのをぼんやり待っていてはだめです。
あなたを導いてくれる人を積極的に探しましょう。
自分から行動を起こせば、宇宙は応えてくれます。
ノックしなければ、ドアは閉まったままです。

人々が向こうから来てくれたときは、
その人をよく知ることができない。
彼らがどんな人か知りたければ、

こちらから行かなければならない。

――ヨハン・ヴォルフガング・フォン・ゲーテ（詩人・劇作家）

彼らが悪い人なわけではなく、
あなたとは合わないだけです。
たとえ善良な人でも、あなたと合わなければ、
いずれあなたにとって悪人になります。

正反対の性格の持ち主と
一緒に仕事をするのは大変です。
自分の性格を変えて
彼らと友だちになろうとせず、
いい仕事をしてまずは信頼関係を築きましょう。
時間はかかっても、
信頼関係ができれば、
一緒に仕事をするのはずっと楽になります。

誰かと一緒にいるときは、一人になりたいと思う。
一人でいれば、誰かと一緒にいたいと思う。
それなら問題は一人でいることではなく、
まわりに人が多すぎることでもないでしょう。
一人のときに一人を望まず、
誰かと一緒のときに楽しめない
堂々めぐりの癖のせいです。

温泉に行って、こんなふうに思ったことはありませんか？
お湯に浸かれば、もう少しぬるければいいのにと思い、
冷水に浸かれば、もう少し温かければいいのにと思う。

寂しさの根本的な原因は、一人でいることではありません。
もしそうだとしたら、一人でいるときはいつも寂しいはずです。
しかし、一人きりでいても、

自由でくつろいだ気持ちになれるときがあります。

寂しさは人生に美をもたらす。
夕日を特別に輝かせ、
夜の空気を芳しくする。
――ヘンリー・ロリンズ（歌手）

自分が本当はどんな人間かわかるまで、
人間関係や環境にどれほど恵まれていようと、
何かが足りないという気持ち、
心の中のそこはかとない虚しさと渇望を振り払うことはできません。
本当の自分を知らないまま生きていると、
自分が宇宙全体から切り離され、
独立して存在していると錯覚してしまうからです。
自分が全宇宙そのものであると気づくまで
あなたを心から満足させるものは何もありません。

寂しさを受け入れる

つい最近の土曜日の午後、私は不意に寂しさに襲われました。その日は一日休みで、いい天気でしたが、誰とも会う約束がなく、誰からも連絡がありませんでした。普段なら忙しいスケジュールの合間にこんな休みがあれば、一人の時間を楽しみ、本を読むか、運動して過ごします。しかし、その日はいつもと違いました。もちろん、私から友人に連絡してランチに誘うこともできました。が、その日はそんな気分にもなれなかったのです。私は**寂しさにどっぷり浸かって、その真の原因を理解し、寂しさを乗り越える効果的な方法を探りたかった**のです。

最初に、私は寂しさの根本的な原因はなんだろうと考えました。人は普通、そばに誰もいないときに寂しいと言います。つまり、寂しいのはひとりぼっちだからというわけです。しかしよく考えれば、それは寂しさの最大の理由ではありません。人は友人や家族に囲まれているときでさえ、ひとりぼっちだと感じるときがあります。だから単に、誰かと一緒にいるだけで寂しさから脱け出すことはできません。一人でいることが寂しさの根本的な原因だとしたら、一人で過ごす時間は常に寂しくて苦痛なはずです。しかし実際には、そんなことはありません。私にとって、一人の時間は贈りものです。一人でいるときは、他人が何を考えたり望んだりしているのかを気にする必要がないので、心が軽く、自由で気楽だという人はたくさんいます。そう考えると、寂しさの原因が単に一人でいることだとは言いきれません。

誰かに会いたくて会えないとき

では、いったい何が原因なのでしょうか？　心の中を探っていると、私は一つの小さな気づきにたどり着きました。気晴らしに誰かに会いたいと思ったときに、寂しさが湧き上がってくるのです。そう思う前は、まったく平気だったのに。しかし、その考えが浮かんだとたん、心にぽっかり穴があいたような気がして、一人でいることに対する精神的な抵抗が大きくなりました。そして不思議なことに、抵抗の感覚が生まれるたびに、とても寂しくなったのです。だとすれば、寂しさは単に現状に対する精神的抵抗の一種なのかもしれません。

退屈な時間を過ごしているとき

またあるときには別の気づきもありました。することがなくて退屈していると、私の心はその状態を寂しいと解釈します。内面の退屈から逃れるために、私は誰かと何かしたくなります。そんな考えが浮かぶやいなや、一人で過ごす時間は、避けなければならないつらい時間に変わります。言いかえると、寂しいという感情は必ずしも一人でいるという表面的な状況ではなく、一人でいることを自分がどう解釈するかによって生じます。

しかし、誰かと一緒にいても寂しいなら、その寂しさの原因はまた違います。その場にいる誰も自分の味方になってくれず、誰も理解してくれないと感じたとき、私たちは寂しいと感じます。どれほどたくさん人がいても、そこに自分の居場所がなければ、私たちは孤立していると感じます。簡単に言えば、**私たちが寂しさを感じるのは、人との結びつきが欠けているから**です。では、結びつきの感覚を取り戻すにはどうしたらいいのでしょうか？

寂しさを受け入れ、人とつながる

最も基本的な方法は、本当のあなたを人に見せることです。誰もが自分の果たす役割にふさわしい社会的仮面をかぶっています。たとえば職場では上司の役割、帰宅すれば母や父、妻や夫、義理の娘や息子、実の娘や息子の役割を果たします。これらの役割をちゃんと果たすためには、私たちはそのときの状況と一緒にいる相手に合った自分の一部だけを見せるしかありません。

しかし、深い本物の人間関係を築きたければ、ときには傷つきやすさ、欠点、茶目っ気、無邪気さ、ユーモアなど、普段とは違う部分を見せる必要があります。そうすればあなたのまわりの人たちも、彼らの役割の裏に隠された本当の自分を見せてくれるでしょう。

一緒に過ごせる人が誰もいなくて寂しいなら、人と会う機会を作りましょう。読書会、ハイキンググループ、編み物の会、ダンスグループなど、あなたが興味を持って成長できる有意義な分野の交流会に参加するのがお勧めです。年配の方は高齢者が集まる地元のコミュニティセンターがあれば、試しに行ってみるといいでしょう。少し頑張って最初の居心地の悪さを乗り越えれば、一緒に過ごしたい仲間が見つかるはずです。

最後に、履歴に保存されている電話番号の中から、しばらく連絡を取っていない友人に電話するのもいいでしょう。**私たちは友だちがいないからではなく、自分から連絡しようとしないから寂しいのだ**と私は思います。

最初の一歩を自分から踏み出すこと。それを忘れなければ、世界の方からあなたに近づいてくるでしょう。

第 5 章

不安に苦しむとき

「できません」と言う勇気

最近、私は詩人イ・ギョンギュの詩、「勇気」に感銘を受けました。この詩は「あなたならできる」という励ましの言葉で始まります。

あなたならできる。
みんなそう言った。

勇気を出して。
みんなそう言った。

だからみんなの言うとおり、
勇気を出した。

勇気を出して私は言った。
「できません」と。

この詩は意外な展開を見せます。私はてっきり1行目のあとには工業化時代の価値観に合う言葉が続くのだろうと思っていました。たとえば「全力を尽くし、勇気を奮い起こせば、必ず成功する」というように。ところが最後に語られたのは、「できません」という率直な告白でした。成功するために血と汗と涙を流すことだけが勇気ではないと詩人は言いたいのでしょう。**自分の限界を知り、「できません」と認めること、そして自分にとってどれが正しい道なのかを理解することもまた、勇気がいります。**

今考えると、アメリカの大学で教授として仏教学を教えて過ごした7年間は、自分の希望に基づいてよく考えた選択というより、周囲の人々が私に期待している道を無意識に選んだにすぎませんでした。大学院卒業時、私は自分が何をしたいのかを考えず、ほかの人がしていることを横目で見て、彼らについていったのです。

しかし実際に教授になると、その仕事は私の予想とはずいぶん違っていました。アカデミズムの世界で認められ、昇進するためには、できるだけたくさん論文を書き、外部機関から研究助成金を獲得し、先輩に気に入られる研究成果を出す必要があります。世界各地の学会に出席して論文を発表し、ほかの研究者と情報交換することも欠かせません。だから評判のいい教授ほど、大学から離れて過ごす時間が多くなります。

教授になって4年目に、私は優秀な学者になるために必要な資質が自分には欠けているという事実に気がつきました。私は学術論文を書くのに時間がかかりすぎました。内向的で引っ込み思案な性格のせいで、積極的に研究助成金を獲得したり、他の研究者と情報交換したりすることができませんでした。さらに、私は仏陀のように悟りの道を進みたいから仏教学を学んだのであって、すぐれた学術論文を書くためではありません。研究生活への熱意は次第に失われていきました。

幸せになるための重要な要因の一つは、人生の方向をどれだけ自分でコントロールできるかです。他人の期待に合わせるのではなく、自分の希望や欲求に合った活動をすれば、自分の人生を所有し、方向を決めているのは自分だという感覚が高まって、いっそう幸せになれます。世間一般から見れば楽しいと思われる活動であっても、自分の思いどおりにできなければ、苦痛でしかありません。残念ながら、こうした状況に陥っている人はたくさんいます。その人たちは「できません」とか「この道は私には合いません」と言う勇気がないからです。彼らは自分の進む道を自分で決める代わりに、周囲の人々が期待する道を歩むのです。

韓国の心理学者ホ・テギュンは、幸せになるにはあきらめを学ぶことが大切だと述べています。あきらめは決して消極的な態度ではありません。**あきらめは新たな道を見つける方法**です。私が教授職を辞して、韓国に帰って「傷ついた人のための学校」という名の非営利団体を設立するつもりだと言うと、ほとんどの人は心配し、思いとどまらせようとしました。もちろん、私も最初から自信満々だったわけではありません。私たちの教えにどれくらいの人が関心を持って入学を申し込んでくれるのか不安でした。しかし5年もたたないうちに、2校目の学校を開き、今では私のほかに50人の講師が、年間3000人以上の学生を導いています。

私の講話のあと、ときどき学生が涙を浮かべて近づいてくることがあります。博士課程の資格審査にまたもや失敗して、どうしたらいいかわからないと言うのです。私は思いやりと励ましを込めてハグし、彼らの気持ちを受け入れてから、たいていこう助言します。**「できません」と言っていいんですよ**、と。この道はあなたに合わないのかもしれません。他人のまねをするのをやめて、自分に向いている道を考えれば、審査に合格するよりはるかに幸せになれます。今から10年、あるいは20年後に振り返れば、審査に落ちたのは人生最高の出来事だったとさえ言えるときが来るかもしれません。あれは不幸を装った祝福だったと！　だから今は途方に暮れていたとしても、勇気を出して自分の道を探してください。

耐えがたいほど忙しいときは、
自分にひと休みという特別な贈りものをあげましょう。
今していることをいったんやめて、
目を閉じて頭を冷やして。
鏡に映った自分を見るように、
あなたの体が何を感じ、
心が何を告げているかを探りましょう。

心が平静になったら、
平静な心の力を使って確かめてください。
今していることを本当に続けるべきなのか、
あなたに合った道はどれなのか、
あなたが人生で本当に望んでいるものはなんなのか。
平静な心で得られるこの知恵が、
あなたに答えをくれるでしょう。

ものごとが思いどおりにいかないときは
立ち止まって内面の声に耳を傾けてください。
ひと休みして得た新しい知恵を使って、
決意を新たにもう一度、
もっと見込みのある方向に力を尽くしましょう。
失敗が、しばしば
将来の成功の礎になるのはそのためです。

期待したことが実現しなくても、
それまでの努力が無駄だったわけではありません。
たとえ失敗しても、努力して得た経験と知識は
別の形で役に立ちます。
この言葉が今あなたに響かなかったとしても、
いつかこの経験に感謝する日が来るはずです。

勇気を奮い起こして前進してください。
過ち、失敗、不安は、人生という名の織物の縦糸と横糸です。
持てる力を十分発揮できなくて悔しい思いをしているなら
その気持ちをやる気に変えて、目標を高く掲げ、
新しい可能性を追求してください。
成功は目的地ではなく、学習、適応、人との結びつき、
進歩のたえまない道のりです。
大きな成果を挙げるために、直感を信じて、
適当なところで妥協しないで。

一つの目標や一人の人間に執着すると、
自分にはそれしかないと思い込んでしまいます。
そんな思い込みにとらわれないように気をつけて。
この世界はさまざまな選択の可能性に満ちています。
一つの目標がうまくいかなければ、

いつでも新しい目標を設定すればいいのです。
ある人に好かれていないなら、別の誰かを探しましょう。

何かうまくいかないことがあるなら、
たくさんの時間と労力を費やしたという理由だけで、
いつまでもそれにしがみついていてはいけません。
あきらめる潮時を知るのは一つの知恵です。
あきらめは終わりではなく、新しい道の始まりです。

完璧であろうとしすぎると、
仕事を始められません。
始めなければ、その仕事は
ますます乗り越えられないように見えます。
最初の一歩を踏み出して、リラックスしましょう。
前進しながら進歩すればいいのです。

自分が好きなものがわからなければ、
あなたは他人がほしがるものをほしがります。
自分の物差しがないので、
あなたはみんながほしがるものを追い求めるしかありません。
残念ながら、他人が望むものはたいてい高くつくか、
手に入れるために激しい競争が必要です。

人は他人と同じになろうとして
自己の4分の3を失う。
――アルトゥル・ショーペンハウアー（**哲学者**）

多くの人と同じことをして
ほかの人よりうまくやろうと競うより、
本当に自分に合っているものと
目指す人が少ないものをじっくり探したらどうでしょう？

心の中を隅々まで見渡しても、
本当にやりたいことを見つけるのは難しい。
新しいことに挑戦し、
初めて会う人と話していると、
自分の気持ちがはっきりしてきます。

それが本当にしたいことでないのなら、
ひと息入れて待ちましょう。
待っているあいだに真剣に探せば、
ぴったりな人、ぴったりな仕事、ぴったりな状況が
きっと見つかります。

将来が不確かに見えても不安に思わないで。
あなたの前に続く道は少し先までしか見えず、
最後まで見通すことはできません。
それと同じように、
将来は少しずつ夢見るしかありません。
道を歩き続ければ、
きっと思いがけない機会が待っています。

私はどうしても悟りを開きたくて
他人がどう思おうと気にせずに、
剃髪《ていはつ》して僧になりました。
本当にやりたいことがあるなら、やるべきです。
あなたが幸せになれば、
最後には親や友人、そして世界中が
幸せになります。勇気を出して！

達成したい目標があるなら、
それを紙に書いて、
その下に目標までの道のりを
実現可能なステップに分けて書いてください。
その紙を壁に貼って
毎日眺めれば、
きっと実行に移せます。

今日のあなたと、あなたがなりたい自分とのあいだに
大きなへだたりがあると、ゆううつになりやすいでしょう。
自分の能力をありのままに謙虚に評価し、
実現可能な新しい目標を設定しましょう。
目標を一つずつ達成するたびに、
少し大きな目標に手が届きやすくなっていきます。

私たちは数多くの目標をいっぺんに達成したがります。
しかし10年先、20年先の目標を立てることはめったにありません。
目標をすぐに達成できなくても失望しないで。
落ち着いて気長に取り組む人は、最後に大きな成果を挙げられます。

生活のためには仕事を続けなければなりませんが、
仕事以外の興味も大切にしてください。
その二つを同時に追い続ければ喜びが得られ、
いずれは好きなことをして生計を立てられるようになります。
新しいことを始めたいと夢見るだけでなく、
少しずつでも行動してください。

落ち込んでいるときに、家でじっとしていてはいけません。
体を動かし、近くの公園を散歩してください。
友だちに会って、最近どんな調子だったか話しましょう。

体がこわばって、世界から孤立したままでは、
どれほど考え方を変えてもあまり違いを感じられないでしょう。

旅行中、私は使い捨てのカミソリを使います。
使っているうちに刃が鈍って、
髭を剃るたびによく軽い傷ができます。
しかしゆっくりていねいに髭を剃れば、
それ以上の傷を防げます。
ゆっくりていねいに、が肝心です。
急いては事を仕損じます。

人生がつらくて、散歩さえおっくうで負担に感じるなら、
もっとゆっくり、一度に半歩ずつ歩きましょう。
ゆっくりと心地いい速度で歩けば、
人生がつらかったのは
自分でできる以上の速さで歩いていたからだとわかるでしょう。

私の中の二人の私

『棘の鳥』という有名な韓国語の歌があります。出だしはこうです。「私の中にはたくさんの私がいるから、あなたがくつろぐ場所はありません」。この歌はさまざまな歌手に歌われていて、聴くたびに人間の心理を見事に表していることに驚かされます。特に「避けられない闇」と「克服できない悲しみ」をもたらす「私の中のたくさんの私」という考えは、私の胸に刺さりました。たとえそんなつもりがなくても、たくさんの私は私の心の中でぶつかり合い、無意識に他人を傷つけ、私からささやかな心の平穏を奪います。

心理学的に言えば、たくさんの私は二つの基本的なグループに分けられます。一つは「私が思う私」、私がこうありたいと思う私です。もう一つは「他人が思う私」、家族や社会が期待する私です。**「私が思う私」が私個人の内面の欲求を大切にしているとしたら、「他人が思う私」は、私が知らないうちに自分の中に取り込んだ人々の期**

待、願い、要求、そして彼らに対する責任でいっぱいです。

この2種類の「私」は誰の中にも存在します。しかし、その二つを健全に調和させるのは簡単ではありません。特に若いほど、そして親が権威主義的であるほど、「他人が思う私」は「私が思う私」を圧倒します。子どものとき、私たちは親から社会のルールとマナーを教えられ、親の教育と支配のもとで生きるしかありません。しかし、この支配が厳しすぎると、大人になったときに「私が思う私」の声を聞けず、極端な場合、自分には「私が思う私」がないとさえ感じるかもしれません。

たとえば大人になっても自分自身の興味や価値観を追求したがらない人もいます。そういう人は自分がどうしたいかではなく、どうすべきかを他人に聞きます。彼らは間違いを犯すのを怖がり、自分の決断にともなう責任を引き受けようとしません。彼らは他人を通じて自分のアイデンティティを形成し、しばしば誰かの配偶者、息子、娘、子どもの親として自己紹介します。

彼らは**他人の欲求を優先し、自分の欲求を後回しにしがち**です。自分で自分を幸せにするために行動せず、幸せをほかの誰かに依存して、親や配偶者が幸せなら、あるいは子どもが学校でいい成績を取れば、自分も幸せだと感じます。もちろん、「他人が思う私」として生きていれば利点があります。家族と親友には好かれ、称賛さえされるでしょう。言いつけを守り、言われたとおりにする子どもを嫌う親はまずいません。自分の希望は二の次にして家族に尽くす配偶者をうとましく思う夫や妻はいないでしょう。しかし、子どもが成長して独立するか、親や配偶者が先に亡くなったらどうなるでしょうか？　そのときになって「私が思う私」の声に耳を傾けられるようになればいいのですが、それまでの人生でその経験を積んでこなかった人にとっては、それは容易ではありません。

やりたくないことに『ＮＯ』と言う自由があるのは最高！

ほとんどの人は、成長するにつれていつかは「私が思う私」を見つけます。韓国の小説家のパク・ワンソは亡くなる数年前にこう書いています。

「私は大人になったから、ウェストにゴムが入ったゆるいズボンを着られる。リラックスして好きなように自由に暮らせるのはうれしい。やりたくないことをしなくていいのはうれしい。私は本気で若い頃に戻りたいとは思わない。やりたくないことに『ＮＯ』と言う自由があるのは最高！　たとえ若さと引き換えでも、この自由は手放せない。もっと小説が書きたければ書くつもり。書きたくなければ、それでもいい」

40代の終わりにさしかかると、私は他人に与える印象をあまり意識しなくなりました。ソウルで周囲の人たちが私に気づいても気づかなくても気になりません。気軽に公衆浴場に出かけ、散歩しながら鼻歌を歌い、それどころか普通に声を出して歌うこともあります。やることが山積みなときは、講義や書類仕事の依頼を断るのがうまくなり、他人にどう思われるかはもう気にしません。

そうは言っても、「他人が思う私」にまったく無頓着に生きていれば、人間関係が必要以上にぎすぎすするかもしれません。だから**一番望ましい生き方は、「他人が思う私」と「私が思う私」のあいだでちょうどいいバランスを保つこと**です。「他人が思う私」に振り回されて、いつも他人の目を気にするのではなく、「私が思う私」だけを追いかけて人間関係をおろそかにするのでもなく、この二つのあいだで最適なバランスを見つけることが、充実した幸せな日々を送る秘訣です。

誰にでも「人に知られたくない自分」と
「人に見せても平気な自分」が、
同時に存在しています。
知られたくない自分を隠し、
自分のいやな面を恐れたり恥じたりしないで、
その存在を認めてください。
そうすればもっと気が楽になり、
自分のすべての面を受け入れて、
偽りのない充実した生き方ができるでしょう。

私たちは子どもの頃に、
理想の生き方を教え込まれます。
理想どおりに生きるのが難しいと、
「自分はまだだめだ」と思います。
そしてこの理想と違う生き方をする人を見ると、
自分の方が立派だと思って、

簡単に人を批判します。

厳しい親にいつも叱られたり、
身近な人にしょっちゅう批判されたりしたせいで、
あなたは他人を気にしすぎるのかもしれません。
しかし、他人があなたをどう思うかをずっと気にしてはいられません。
正直に言うと、まわりの人は
それほどあなたに関心がありません。
だからもう気にするのはやめて、
もっとリラックスしてください。

がっかりするかもしれませんが、
わざと無視されたとあなたが思っているほど、
相手はあなたに興味がありません。
私たちはみんなが自分を見ていると考えがちですが、
実際にはそんなことはめったにないのです。

気楽でシンプルな暮らしのヒント

❶ 他人があなたについてなんと言っていたか聞かない。
❷ あなたが何が好きで、何が嫌いかをあらかじめ言っておく。
❸ 自分の力ではどうにもできないことは放っておく。

他人があなたについてなんと言ったかを、
わざわざ聞いてはいけません。
そんなことをしても、
イライラして傷つくだけです。
とっくにあなたを嫌っている相手と言い争っても、
傷つくのはあなたの方です。
さっさと忘れる技を学んで、
大切な仕事に集中してください。

毎日いやなニュースが目に飛び込んできます。
でもその中にあなたの幸せに本当に関わりのあるニュースが
どれくらいあるか考えてみてください。
世の中のいやなニュースを全部見る必要はないのです。

自分に対する思い込みが
あなたの夢の実現を邪魔していませんか？
自分はかわいくないとか、
何もできないと思っているなら、
そんな考えをあなたに植えつけたのは誰ですか？
あなたはずっとそう感じていましたか？
それとも誰かに言われたことを
気づかないうちに信じてしまったのではありませんか？

他人の否定的な意見に
あなたの将来を左右されてはいけません。
ひとり立ちして、彼らには邪魔をしないでと言いましょう。
あなたはあなたの人生の運転席に座り、
ほかの乗客を降ろす権利があります。
自分の立場をはっきりさせたら、
選んだ道を走り続けましょう。

自分に気に入らない部分がある人は、
その部分を変えようとするのではなく、
同じ欠点を持つ他人を変えようとします。

夢をかなえた人や
困難に本気で立ち向かった人は、
他人の夢を簡単に否定しようとしません。
よく見れば、勇気のない人ほど

他人を蔑み、自分と同じレベルまで引きずり下ろそうとします。

あなたは不安に震えながら、こう考えていませんか。
「本当にできる?
私なんかがどうしてこんな大それた目標を立てたんだろう?」
だとしたら、成長するためにぜひその目標にトライしてください。
たとえ失敗しても、期待したとおりにならなくても、
その経験から大切なことを学んで成長できます。

「よく知っている苦しみ」と
「よく知らないけれど幸せをもたらすかもしれないもの」があったら、
人はたいていよく知っている方を選びます。
あなたの苦しみに
いつまでも義理立てする必要はありません。
よく知らないから不安だとしても、
勇気を出して幸せに続く道を選んでください。

私たちにはいつでも二つの選択肢がある。
一歩踏み出して成長するか、
安全な場所に引き下がるか。
——アブラハム・マズロー（心理学者）

人は自分が思うほど
安全を望んでいるわけではありません。
安全な仕事や安全な人間関係を求める人でさえ、
いったん安全な状態になると、
次第に退屈するものです。
だからいつでも安全を選ぶのではなく、
ときには成長につながる少し難しくて
よく知らないことに挑戦してください。

人々が成功しないのは、

心の中で考えるだけで、
実行に移さないからです。

マスター・ヨーダは言った。
「やるか、やらぬかだ。
試しなどいらぬ」

初めて問題を見つけたときは、
真っ向から向き合うのをためらうかもしれません。
しかし手をこまねいていれば、
問題は余計に大きくなります。
後回しにして、もっと早く対処すればよかったと後悔しないように。
よく見ればきっと解決策が見つかるはずです。

自分で自分を変えなければ、
まわりが私たちを変えようとします。
もちろんその方がずっと苦痛です。
しかしその苦痛は必ずしも私たちを悩ますためでなく、
成長させるためにあるのです。

山のふもとにいるときは、
頂上がよく見える。
しかし登り始めると、
頂上は木々に隠れて見えない。
同じように、目標を立てて
それに向かって進んでいくと、
前進していると感じられないかもしれません。
それでもあなたは進歩しています。
信じて進み続けましょう。

努力して頂上に登った人は
途中で人から受けた手助けを覚えているので、
優越感を持ちません。
思いがけない幸運に見舞われた人や、
最近登り始めたばかりの人は、
「私が誰だか知らないのか？」と言わんばかりの
尊大な態度を見せます。

大成功した人ほど、
名刺はシンプルです。

すぐれた成果を出したときは、
これは始まりにすぎないと感じます。

10代の私に贈るアドバイス

今はどうすることもできないように見える難題やなさけない瞬間も、
あとになればささいなことに見えます。
友人の意見を気にしすぎないで。
人生には選べる道がたくさんあります。
今の道がうまくいかなくても、希望を捨てないで。
人生は山あり谷ありですが、
成長するほど人生はよくなっていきます。

20代の私に贈るアドバイス

気を楽にして、
ものごとは最後にはうまくいくと信じましょう。

他人に合わせようと思わないで、
自分に正直に生き、あなたらしさを輝かせて。
人生を成り行きにまかせて、何もかも計画したい気持ちを抑えましょう。
知らないことを受け入れて、旅を楽しんで。

30代の自分に贈るアドバイス

ささやかな成功と慣れ親しんだ状況の心地よさに
あぐらをかかないこと。
どんどん質問して、
常に人から新しい知識を手に入れてください。
人を評価するときは、
容姿、学歴、家柄のような表面的な要素ではなく、
性格、人生経験、ユーモアのセンスに注目すること。
自然と触れ合い、本を読み、運動して体力を維持すること。

40代の自分に贈るアドバイス

仕事に夢中になりすぎないように。
自分を大切にする時間を忘れないで。
プライベートでも仕事上でも
有意義な人間関係を保つ努力を怠らないこと。

想定内のリスクを取ることを恐れず、
仕事以外にもやりたいことを追求しましょう。
一瞬ごとに美しさに感謝し、
親が元気なうちに一緒に旅行し、
恩返しと困っている人を助けることを忘れないように。

内気で臆病でいるのをやめて、
強くてへこたれない人間になりましょう。
人生経験から知恵を手に入れ、
その知恵を有意義な活動に注いで、
自分を成長させ
世の中にいい影響を与えましょう。

あなたの中の痛みに耳を傾けて

後悔や将来の不安が頭から離れないとき、私はその束縛から解放されるために、身体の感覚に意識を切り替えます。自分の肩、胃、あるいは胸が、この瞬間にどう感じられるかに注意を向ければ、ネガティブな思考の堂々めぐりから脱け出せます。そうすれば今この瞬間の平穏とくつろぎが得られます。ゆううつを感じる原因は自分の心の中にしかなく、自分のまわりの世界は穏やかで落ち着いていることがわかります。

身体感覚に注意を向けることで今この瞬間に意識を集中させるマインドフルネスの方法を、私はベトナム出身の著名な平和活動家で、禅僧のティク・ナット・ハンの教えを通じて知りました。数年前、ティク・ナット・ハンが韓国を訪れたとき、私は彼の講話の通訳をする機会に恵まれました。彼は当時88歳でしたが、一日も休まずに教えを説いてくれました。

ティク・ナット・ハンはまるで穏やかで慈悲深い松の木のような人でした。そばにいると大きな木陰に身を寄せているような気がして、心が穏やかに静まっていきます。特に歩きながら行う瞑想の最中には、彼が一歩踏み出すたびに、今この瞬間とこの場所にすべての意識を集中させているのが感じられました。**瞑想は本質的に神秘的でも複雑でもなく、身近で気楽に行えるもの**だというお手本を示しているようでした。

正しく瞑想を行うと人間関係も立て直せるようになる

ティク・ナット・ハンのすばらしい教えの中で特に感銘を受けたのは、マインドフルネス瞑想を行うと、疎遠になった人との関係を修復できるというものです。「瞑想」と聞くと、はるばる山の中の僧院に出かけ、世俗を離れて超越体験を求めるという誤ったイメージがあるかもしれません。しかし、どこで実践しようと、マインドフルネス瞑想がうまくできれば、次第に世の中との結びつきを回復して、口論や誤解が原因でぎくしゃくした人間関係を修復したくなります。**マインドフルネス瞑想によって心が回復し始めると、人間関係を立て直したいという欲求が自然に生まれてくる**のです。

ティク・ナット・ハンは著書『微笑みを生きる――〈気づき〉の瞑想と実践』（池

田久代訳、春秋社）の中で、花と泥はお互いに独立して存在する二つのまったく違うものに見えても、決してそうではないと述べています。花が咲くためには土壌から養分を吸収する必要があり、養分は泥の中にあります。時がたてば花は散って地面に落ち、泥になります。花と泥のたとえを通じて、ティク・ナット・ハンは世界には独立して単独で存在しているものは何一つなく、すべてはお互いに依存しあい、一つになって共存していると教えています。

この教えは私たちの人間関係にも当てはまります。たとえば愛する人が病気になったら、自分自身は身体的に病気でなくても、その人のために心は痛み、苦しみます。私たちが世界と、そして人と相互に結びついているというこの真実もまた、悟りを得るために瞑想を実践する人が求める根本的な気づきです。親しい人と仲たがいしたとき、その関係を取り戻すことができれば、大きな安らぎだけでなく、この根本的な真実に対する気づきが得られます。

他者の苦しみを理解するには、まず自分の苦しみを理解する

では、どうすれば壊れた人間関係を修復できるのでしょうか？　この問いに対して、ティク・ナット・ハンは**まず自分自身の苦しみに耳を傾けなさい**と言いました。

この苦しみが体のどの部分をこわばらせ、どのように心に痛みを感じさせるのかを、注意を集中して見きわめるのです。まずは愛のこもった注目の光で自分を照らし、体と心の中に抑え込まれた感情のエネルギーに意識を向ければ、そのエネルギーは和らいで、次第に消えていきます。**そうして初めて、私たちの心は他者の苦しみを理解する準備ができます**。

次はいよいよ仲たがいした人たちに手を差し伸べるときです。直接顔を合わせて、彼らの苦しみに注意深く耳を傾けてください。相手が誤解してこちらを非難したり、事実と違うことを言ったりしても、むきになったり怒ったりしてはいけません。彼らもまた、抑え込まれた感情をすっかり解放しなければならないのです。だから相手が心の痛みをすべて吐き出してしまうまで、辛抱強く言い分を聞いてください。あなたがまず自分の中の痛みに耳を傾け、相手の痛みと自分の痛みは別々に存在するのではなく、相互に結びついているのだと理解して初めて、それができるようになります。

ティク・ナット・ハンの言葉を通訳しながら、私の胸にこんな疑問が浮かびました。「私は自分の中の苦しみにしっかり耳を傾けてきただろうか?」忙しく仕事をしたり、映画を見たり、ほかの誰かの問題についてうわさ話をしたりして、自分自身の苦しみから目をそらしてきたかもしれません。**人は自分より、自分以外のものにはるかに長**

く注意を向けています。だから自分の身体と心の感覚をじっと観察することに慣れていません。しかし癒やしを求めるなら、私たちは愛情のこもった注目の光を内面に向けなおす必要があります。

ティク・ナット・ハンはこのように説いています。「私たちはすべてが独立して存在しているという幻想から目覚めるために生まれてきました」。**花と泥がお互いに依存しながら存在するように、自分自身の癒やしと他人の癒やしは別々にあるのではなく、相互に結びついているのです。**

第 6 章

まだ悟りが訪れないとき

調和して生きる

数年前、私は秋の瞑想会に参加するために鳳岩寺《ボンアムサ》を訪れました。この瞑想会には100人を超える僧が集まっていました。その中には昔いくつかの僧院で生活を共にした懐かしい顔ぶれもいましたが、新しく会う人もたくさんいました。知らない人と寝食を共にするとなると、僧も普通の人たちと何も変わりません。初めのうちは、雰囲気がぎこちなく、緊張感さえ漂っています。でもしばらくすると、みんなが調和して共同生活を送るために、必要なことをうまくこなせるようになります。

まだ若い僧だった私が経験豊かな僧から学んだ最初の暗黙の心得の一つ目がこれでした。「**自分のやり方に執着してはいけない**」。一カ所で共同生活をするために国中から僧が集まると、面白い現象が起こります。たとえば朝のお勤めで読経するとき、ときどき速さや抑揚が異なる声が聞こえてきます。韓国南西部にある松広寺《ソングワンサ》で暮らす僧のお経はゆっくりで落ち着いているのに対して、韓国南部に位置する海印寺《ヘインサ》の僧の読経は、この寺がある伽耶山《かやさん》の力強いエネルギーそのもののように、速くて活気にあふれています。僧の読経スタイルは、しばしばその僧が最初に修行した故郷の寺によって決まります。

それぞれの僧が自分の故郷の寺の読経のやり方に執着して、他の僧とまったく合わせようとしなければ、調子はずれで不協和音の聞くに堪えないお経になってしまいます。自分のやり方に慣れ親しんでいるからといって、その方法が客観的に正しく、ほかが間違っているわけではありません。他人と一緒に生活するときは、和やかに暮らせるようにお互いに歩み寄る必要があります。

私が学んだ二つ目の心得はこれです。「**最初から人より多く働くと決めておきなさい**」。瞑想会が始まる前の日に、全員が集まって各自の務めを決めます。寺の台所で食事の支度、お堂と瞑想する部屋の清掃、僧院と周辺の山々の見回りなど、さまざまな務めがあります。中には一人で担当する務めもありますが、たいていの場合は数人で一緒に務めを果たします。大勢が集団で働いていると、一生懸命働く人とそうでない人がいるように感じられて、数週間もすると険悪な雰囲気になるのは珍しくありません。

私たちはそれぞれ自分がどれくらい一生懸命働いたかよく知っています。しかし他人を四六時中見張っているわけではないので、彼らがどれほど熱心に仕事をしていたかはわかりません。だから私たちは自分が求められる以上の仕事をしているのに、ほかの人はそうではないと考えがちです。もちろんそんなふうに計算高く、人を蔑むような考えを持たないのが一番です。争いを招くそんな考えで心がいっぱいになると、精神的につらくなります。しかし、そういう考えが浮かんできたとしても、最初から自分は人より多く働くのだと決めておけば、心はずっと穏やかでいられます。

もう一つの心得はこうです。「**与えられた状況をポジティブに受け止めなさい**」。瞑想会の前に、宿泊する部屋は年功序列で決められます。目上の僧は一人部屋か二人部屋が割り当てられ、そのほかの僧は数人が泊まれる大部屋を使います。しかしこの秋の瞑想会では、私より年上の僧は全員一人部屋か二人部屋を提供されたのに、大部屋を割り当てられた中では私が一番年上でした。こういうとき、イライラしすぎると瞑想会自体に不満が残りかねません。しかし急いで気持ちを切り替えれば、最初はあまりうれしくなかったことにもたくさんのいいところが見つかります。

7人の僧と一緒に大部屋に泊まっていると、利点がたくさんありました。まず、疲れて眠っていると、一人部屋では3時に木魚が鳴っても起きられず、何度も早朝のお勤めをさぼってしまったはずです。しかしほかの僧と一緒の部屋なら、お勤めの前に誰かが必ず灯を点けるとわかっているので、安心して眠れました。もう一つの利点は、何か連絡事項があればすぐにわかることです。僧の一人が同室の私たちに連絡事項を教えてくれたからです。さらに、私たちの部屋はいつも整理整頓され、まったく散らかっていませんでした。私物を使ったあとは、いつもそれぞれの戸棚に片づけていたからです。一人で部屋を使っていたら、とてもこうはいかなかったでしょう。

最後に、瞑想会の最中に、誰かに、あるいは新しい状況に不満を感じたとき、私は自分の胸にこう聞きました。「私は今瞑想に集中しているだろうか?」瞑想がうまくいっていれば、自分の心の観察に集中しているので、他人の問題には関わろうとしないはずです。**自分がやるべきことに集中できていないと、他人の欠点が目につき始めます**。しかし他人の欠点は、ある意味で自分の心の鏡に映る私自身の欠点にほかなりません。自分が同じ欠点を持っているからこそ、その欠点がひどく気に障るのです。そんなとき私は悟りを開くと決意したときの最初の心のあり方に戻り、迷わず落ち着いて自分の務めを果たすように努力します。

コミュニティで暮らすということは、
喜びと困難を分かち合い、
その経験を通じて共に成長することである。
――作者不詳

どんなコミュニティにも2種類の人たちがいます。
消極的で受け身な人と、率先して行動し、創造力のある人。
前者は、人生は主に自分以外の要因によって
決まっていると感じ、
後者は、自分の思考と感情は
自分の力で作れるとわかっています。
自分から進んでポジティブなものの見方を身につければ、
希望を現実に変えられます。

ひどい仕打ちをした人に怒りを抱き続けて、

自分の心の平穏をかき乱してはいけません。
許すのは人のためではなく、自分のためです。

誰かにひどいことをされたとき、
その人のことが好きだったら、
きっと相手を理解して許すでしょう。
でも、嫌いな人なら、
まったく同じことをされても
ずっと根に持って、簡単には許せません。
心の働きは不思議なものです。

憎しみに憎しみで対抗すれば、
闘いは終わらず、苦しみは続きます。
憎しみの連鎖を断ち切れるのは理解と愛だけです。
数千年前から変わらないこの簡潔で深い真実の前に
私は頭を垂れるばかりです。

私たちはたいてい自分を変えるのはいやがるのに、
他人には自分のために変わってほしいと平気で言います。
私たちがいつも不満と失望から脱け出せないのは
そこに理由があります。

他人を批判すると、相手は変わろうとするどころか、
自分を守ろうとします。
効果的に変化を促したいなら、
まず相手の考え方を理解し、尊重しながら、
改善のための提案をしましょう。
尊重がなければ、
アドバイスはなかなか受け入れられません。

人間関係を台無しにする方法を教えましょう。
まず、あなたが期待していることは「常識」だと主張します。

次に、だから自分の考えに賛成しないのはおかしいと非難し、
あなたの期待に応えるようにしつこく文句を言い続けます。
そうすればきっとその人はあなたから離れていくでしょう。

正しくあろうとする執着にとらわれないようにしたいのです。
その執着が誰かを傷つけていることに
気づかないかもしれないから。

誰かを説得してあなたの望みどおりにしたいなら、
自分の意見を繰り返し説明しても無駄です。
まず相手が何を一番気にしているのかを理解して、
どちらも満足できる方法を探しましょう。
こうしてくれたら自分が助かると言うだけでなく、
こうすれば差し迫った問題が
すぐに解決できる理由を伝えましょう。

あなたがよく優越感を抱くなら、
それは心の底に深い劣等感を抱えているからです。
自分を愛せる人は、他人も尊重できるものです。

プライドが高い人は、しばしば自己肯定感の低さに苦しみます。
自己肯定感が低いと、
他人からの承認と注目を絶えず求めて、
それが今度は過度なうぬぼれにつながるかもしれません。

男は男らしく、女は女らしくあらねばならない。
親は親らしく、学生は学生らしくあらねばならない。
政治家は政治家らしく、僧は僧らしくあらねばならない。
そんなふうに考えて、
私たちは他人のありのままの姿を見ようとしません。
こうあるべきだと自分が思う理想に当てはまるかどうか見て、

彼らが私たちの基準を満たしていれば立派だと言い、
そうでなければ困ったやつだと批判するのです。

出家の目的は悟りを開いて、
大いなる善のために知恵を分かち合うことです。
僧や尼僧になることは世俗から逃れる方法ではなく、
世俗をより深く理解するための道のりだということを忘れずに。

むき出しの怒りを人にぶつけると、
あなたはその報いを受けるでしょう。
怒りを抑圧して封じ込めれば、
今度は体の不調となって表れます。
怒りのエネルギーを静かに観察すれば、
それはひとりでに形を変えて消えていきます。

ゆううつなときは、ゆううつの原因をよく観察しましょう。
ゆううつはあなたの思考から生まれて、
そこに居座っているのがわかります。
しかし思考とは本質的に、水面に筆で描いた模様のようなもの。
一時的に現れて、跡形も残さず消えていきます。
だからゆううつな考えにいつまでもくよくよしないで。
放っておけば、そのうち自然に薄れていきます。

心に不安が一つあると、
山ほどの心配と恐れが雲のように湧き上がってきます。
しかし不安が通り過ぎたあとには、
心に澄みきった青空が広がります。
たった一つの不安で、極楽と地獄を味わうのです。
だからネガティブな考えにしがみつくのはやめて、
通り過ぎるのにまかせましょう。

空にはもともと東西南北はありませんでした。
私たちが言葉によって空を分割し、そういう名前をつけたのです。
同じように、世界はもともと一つで、境界線はありませんでした。
しかし私たちが言葉によって世界を数百万もの部分に分け、
それらがすべて独立して存在していたかのように誤解したのです。

風は竹林を通り過ぎれば、音をいっさい残さない。
雁は冷たい池の上を飛び去ってしまえば、影一つ残さない。
君子は仕事を終えたあとは、思い残すことはない。
——洪自誠(中国明代の作家)

深い休息を自分に与えれば、
心は無になったかのように平静になります。
仕事を始めるとき、
この平静な心が目覚めて、新しい考えを生み出すのです。

広い空っぽの空間に椅子が一つあります。
あなたの目は自然とその椅子に引きつけられ、
広い空っぽの空間は目に入りません。
しかし、そこに広い空っぽの空間がなければ、
椅子は存在できなかったはずです。

あなたの心の穏やかで空っぽの空間に、
一つの考えが浮かびます。
あなたは自然とその考えに引きつけられ、
その考えを生み出した
心の中の穏やかな空間を見過ごしてしまいます。

仏陀の心に目覚めるということは
悪い考えをよい考えに変えることではありません。
目覚めは思考が生まれては消える心の中の
穏やかで空っぽの空間に気づくことから始まります。

心が今、ここにあれば、思考は止まり、
自然と心は平静になります。
この平静さには形も境界もないので、
その深さは限りないものです。

すべての思考は単なる波、
深い心の大海から生まれるかりそめの姿にすぎません。
思考はほんの短いあいだ形を成し、
果てしない心の静けさに溶け込んでいきます。

私たちは大海であると信じれば、
波を恐れることはない。
――ウ・パンディタ（瞑想指導者）

本当の自分を見つける

私は何もかも放り出して、お気に入りの静かなこぢんまりした場所へ向かうことがあります。あわただしい現代社会では、たとえ10分間の一休みでも体と心の回復にとても効果的です。静かに座って自分の内側を観察していると、思考と感情が現れては消えていくのがわかります。思考と感情の存在に気づくのはそんなに難しくありません。しかし、思考と感情が通り過ぎたあと、次の思考と感情が湧いてくるまでのあいだに残された静かな空間を認識することはなかなかできません。新しい思考と感情が生まれてくるまでは、何も存在しないような穏やかな静けさがあります。ほとんどの人はその空っぽの空間に気づかず、見逃がしてしまいます。穏やかな静けさには思考と感情のような形がないので、つかむことができないからです。

静けさと違い、思考と感情には形があるため、観察し、人に説明し、書き留めることができます。それらは私たちの心の中に現れるので、私たちはこの思考と感情が自分のアイデンティティだと考えて、「私の考え」とか「私の感情」と呼びます。ときにはそれらを大事に抱え込んで、その思考と感情を自分そのものであるかのように使って、「私はこういう人間だ」と言います。**自分がそれらの思考と感情を意図的に選んだと思っている**のです。心に浮かんだ思考と感情が本当にあなたのものだと思うなら、自分にこう尋ねてみてください。その思考と感情があなたそのものだとしたら、それらが現れるまであなたは存在しなかったでしょうか？　その思考と感情が本当にあなた自身だとしたら、それらが消えればあなたも一緒に消えるでしょう――しかし、これまでに自分自身が消えてしまった経験はありますか？

本当の「あなた」とは？

あなたは思考と感情が生まれる前から存在し、それらがすべて消えてしまったあとも、やはり存在し続けます。なぜなら思考と感情は、本当のあなたではないからです。それらは青い虚空につかのま浮かんだ雲のようなものにすぎません。では、思考と感情という雲が湧くずっと前から存在した本当の「あなた」とは、いったいなんでしょうか？　さまざまな語り伝えの中で、数えきれないほどの宗教家がこの問いの答えを探してきました。真の自分を発見するために、なんとか真実にたどり着こうとして生涯を捧げた人はたくさんいます。人はそれぞれ自分の経験を通じてこの問いの答えを見出すしかありません。しかし私の言葉がひょっとして誰かを悟りに導くかもしれないと願って、不十分なのは承知のうえで、私なりの考えを伝えたいと思います。

理論的な説明は省いて本題に入りましょう。**思考と感情が生まれる前から存在し、思考と感情が消えてしまったあとも変わらずに残っているのは、あなたの意識です。**意識の中に思考と感情が現れていないとき、意識は夢を見ない眠りのように、穏やかな静けさとして感じられます。意識は形がなく、空虚で、透明で、平穏です。あなたは意識の土台の上に存在し、あなたのあらゆる面は意識から作られます。よく観察すれば、すべての思考と感情はあなたの静かな意識から生まれ、一時的に形を成し、しばらくするとふたたび静けさの中に消えていくのがわかるでしょう。言いかえると、あなたの意識がすべての形を作り出し、それらが存在する場所を与え、時が来ればそれらをふたたび吸収します。

では、さらに一歩踏み出して、この穏やかな静けさが一体どこにあるのか探してみましょう。まず目を閉じて、深呼吸して心を落ち着かせてください。一つの思考が通り過ぎたあと、新しい思考が現れる前に、静かな空間があるのがわかりますか？　その穏やかな静けさを感じてください。その静けさを感じ取れたら、この穏やかさは体の内側だけに存在するのか、それとも外側にも存在するのかを自分に尋ねてください。体の内側の穏やかさは、体の外側の穏やかさとは違う形で存在するでしょうか？それとも境目のない一つの穏やかさでしょうか？　ものごとの本質をつかむために分析したがる気持ちを抑えて、意識の中の穏やかな空間をただ感じ、答えが自然と浮かぶのを待ちましょう。

さらに深く掘り下げて、この穏やかな静けさに果てがあるかどうか観察してください。その果てにたどり着けますか？　始まりや終わりを見つけられますか？　あなたは　あなたの意識の広い大きな空間に限界はありますか？　中心はありますか？　最後に、あなたは自分の穏やかな意識に傷をつけたり、その性質を恒久的に変えたりできますか？　どれほど大きな音を立てても、静けさはやがて元に戻り、傷一つつかずに最初の穏やかな状態に戻るのではないでしょうか。穏やかな意識には形がないので、決して傷つけることも壊すこともできません。また、失うことも消すこともできないのです。**穏やかな静けさは今あるところに永遠に存在し続けます**。

あなた自身の意識の中にあるこの透明な静けさにどうか気づいてください。そこに奥深い平穏、永遠の自由、創造力の源泉と温かい受容があります。

思考と思考のあいだの空間を感じてください。
一つの思考が終わったあと、
次の思考が始まる前に、
あなたの無限の意識の空間に
ほんの少しのあいだ、何も無いすきまができます。

呼吸に気づいて、今、この瞬間に意識を集中し、
思考の束縛から解放されると、
思考の陰に隠れた静かな意識が目覚めて、
それ自身の存在に気づき始めます。

思考と感情が少しのあいだ静まると、
私たちは穏やかな意識そのものに気づき始めます。
静けさに果てはないと理解するにつれて、
私たちは自分の内側だけでなく、

外側にも存在するありのままの意識の無限の性質を感じ取ります。
この気づきは悟りにいたる最初の大切な一歩です。

夢を見ない深い眠りの中で
私たちの体は癒やされ、心は回復します。
だから騒がしい思考が浮かばない穏やかな心は
退屈でも無意味でもありません。
穏やかな心は完全な休息と平穏、
癒やしと復活を意味するだけでなく、
創造力と無限の自由の源でもあります。

信仰が深まるにつれて、
神や仏陀への理解も深まります。
理解の深さは
私たちの信仰心の成熟に比例します。

宗教的シンボルの背景にある深い意味を考え、
霊的体験を通してシンボルが持つ力を感じ取れば、
異なる宗教のあいだにも、
根底には根本的な類似性があるとわかります。
しかしそのような体験がないと、
シンボルにとらわれて、それぞれの違いだけを見て、
ほかの宗教の信者を見下してしまうでしょう。

私たちは霊的体験をした人間ではない。
人間的な体験をした霊的存在なのだ。
――ウエイン・W・ダイアー（**作家**）

私は最初、寺院の中の聖なる画像にあなたを探しました。
次に教祖や師のような宗教的指導者の中にあなたを探しました。
それから教典の言葉の中にあなたを探しました。
しかし今では、あなたの存在をいたるところに感じます。
あなたはいつも、空気のように、私とともにいました。

あなたはやがて理解するでしょう。
あんなに必死に探し求めた答えが
目指す場所にはないと。
時が来れば、悟るでしょう。
答えはずっとあなたのポケットの中にあったと。
心にゆとりを持って、
自分がすでに持っているものを確かめるだけでよかったのです。

あなたへの贈りものを
私がどれだけ探したか、あなたには想像もできないでしょう。
あなたにふさわしいものは何もないような気がしました。
金鉱に金を、オマーン湾に一滴の水を
つけ足そうとする人がいるでしょうか！
何を思いついても、まるでクミンの産地に
一粒のクミンを持っていくようなもの……
私の愛と魂さえあなたのものです。
だから……あなたに鏡を贈ります。
そこに映る自分を見て、私を思い出してください。
――ルーミー（詩人）

あなたの唯一の罪は、
本当の自分を忘れたことです。
あなたはか弱く震える木の葉ではありません。
あなたは１本の木そのものです。

悟りとは、世界が一つだと
頭だけでなく、心で理解することです。
あなたが誰かを幸せにして喜びを感じたら、
あなた自身の喜びと相手の喜びのあいだに
区別があるかどうか考えてみてください。

私たちの目に見える世界と
目には見えない世界があります。
スピリチュアルになるとは、
目に見えない世界に気づき始めることです。
目に見えるものを超えたところにある世界に
ますます気づくようになるにつれて、
あなたは驚くような悟りを得るでしょう。
目に見える世界と見えない世界は
根本的には二つではなく、一つなのだと。

真実はしばしば、私たちがもう知っていることです。
なぜなら真実は、私たちの中に生まれながらに備わっているからです。
しかしあらためて聞けば、そこに新たな奥深さが感じられます。

知恵の目覚めとともに見出される幸福は、
まるで大きな財宝を発見したかのように、内なる富を感じることです。
するとたちまち自分自身の基準を持つ自信が生まれ、
他人の意見に簡単に左右されなくなります。
魂がおのれの存在に気づいたときに得られる喜びは、
長旅のあと、ようやくわが家に帰りついたときのようです。
私たちは自分の本質を知って平穏と安心を見出し、
もはや死を恐れません。

生きているかぎり
意識は私たちから離れません。

思考と感情が現れては消えても、
意識は常に存在します。
意識から逃れられるかどうか、
確かめてみてください。

意識は広大で澄みきった明るい青空のようです。
思考と感情は雲のように一時的に現れても、
意識の本来の性質を変えたり、曇らせたりすることはできません。
意識の中にある無限の静けさの純粋さを感じてください。

魚は海で暮らしていても、
海があまりにもそばにあるので、海に気づきません。
鳥は空で暮らしていても、
空があまりに広いので、空を知りません。
私たちは無限の意識の中で生きていても、
意識があまりにも透明なので、意識を見逃してしまいます。

「まんまる頭」の長い旅

昔々、太平洋の真ん中に、かわいい小さな魚が住んでいました。ほかの魚に比べて頭が丸かったので、みんなから「まんまる頭」と呼ばれていました。同じ年頃の魚と違って、まんまる頭は小さい頃から食べ物を見つけることや、人気者になることには興味がありませんでした。彼のただ一つの願いは、おじいさんが話してくれた偉大で聖なる「海」と呼ばれる存在に出会うことです。まんまる頭を育てたおじいさんは、海はあらゆる生き物、目に映るすべてのものに命を与えたのだと教えてくれました。海は優しくて慈悲深く、生きとし生けるものすべてに十分な栄養を作り出し、誰でも同じように平等に受け入れてくれます。海は決して驕り高ぶることも、誰かをひいきすることもありません。

まんまる頭はどうして海がわけへだてなく生き物（たとえば、自分を死ぬほど怖がらせたかんしゃく持ちのサメおじさんや、鋭い手をしたロブスターおばさん）を愛せるのだろうと不思議でたまりませんでした。またおじいさんは、たとえみんなが海に気づいていなくても、海はいつでもすべての生き物のそばにいて、何をしているか見ているのだと言いました。だから魚たちは、つらいときには聖なる海に向かって祈り、貴重な真珠や大切な食べ物を海に捧げる習慣がありました。

不思議なことに、偉大な海を実際にその目で見たとか、直接会ったという魚はほとんどいませんでした。ごくわずかな特別な魚たちが海を探す長い旅の果てに、ようやくめぐり会えたという伝説が残っているだけです。その旅は耐えがたいほどの忍耐と苦労が必要だったので、普通の魚は旅に出ようと考えることすらできませんでした。

まんまる頭は、旅の途中で一番苦しいのはサンゴさえ生きられないという深い真っ暗な死の洞窟を通り抜けるときだと聞かされていました。光がまったく差し込まないこの洞窟に入るのは、まるで死そのものを体験するようなものだと言われています。洞窟をくぐり抜けるには、目に見えない海がいつでもそばにいてくれると心から信じる必要があります。それでも洞窟を通り抜けるには長いあいだ恐怖に耐えなければならないので、強い信念と落ち着いた心の持ち主でさえ、しばしば途中でくじけるか、二度と戻って来なかったのです。

だからまんまる頭が海に会うために旅の支度を始めると、おじいさんは励ますどころか、心配を隠しきれませんでした。おじいさんはまんまる頭に海の話などしなければよかったと後悔したに違いありません。まんまる頭も同じように気持ちが沈んでいました。自分が死の洞窟を通り抜けるあいだに傷ついたり、生きて戻れなかったりしたら、誰がおじいさんの面倒を見てくれるのだろうと心配だったのです。それでもあきらめるなんてできません。偉大な聖なる海に会いたいという強い願いが心配と恐怖に打ち勝って、まんまる頭はついにおじいさんを説き伏せて旅に出ました。

家を離れてから1カ月後、まんまる頭はとうとう死の洞窟にたどり着きました。彼はわくわくすると同時に、おじけづいてもいました。そこでまんまる頭は洞窟に入る前に祈りました。「慈悲深い海よ、どうかあなたに会わせてください。あなたに会えるまで僕を導いてください。あなたを信じています」。こう祈ってから、まんまる頭が意を決して洞窟に入ると、体が闇にすっぽりと包まれました。

洞窟の中を泳いでおよそ半日経つ頃には、まるで時が止まって、体が消えてしまったような気がしました。夢を見ない深い眠りのような時間が過ぎるにつれて、最初は彼を捕らえて離さなかった恐怖が次第に薄れ、代わりに穏やかな静けさが残りました。何も見えず、何も聞こえない状態はこんなにも平穏で温かいものなのかとまんまる頭は驚きました。

もう何日たったでしょうか？　1週間、それとも1カ月？　突然、はるか遠くに針でついたような小さな光が見えました。そのとたん、まんまる頭は何も考えずに光に向かって泳ぎ始めました。長い静けさを貫いて、一つの考えが彼の心に入ってきました。「やっと洞窟を出て海に会える！」しかしその瞬間、一つの気づきが訪れました。

「あんなに会いたがっていた海が、本当は静けさの中に存在するとしたら？　僕が通り抜けてきた洞窟の穏やかで安らかな静けさの中に海はいたのでは？　僕の考えが静けさから生まれたように、すべての生き物は同じ静けさから生まれたのではないか？」

まんまる頭がとうとう洞窟の外に出たとき、目の前に現れたのはたくさんの魚が群れをなしてのんびりと泳ぐ、よく見慣れた光景でした。しかし今ではまんまる頭の目には、それらの魚だけでなく、海の透明な水が見えます。彼は柔らかな笑みを浮かべてこうつぶやきました。「あなたが見える！　僕はあなたの中にいる！　あなたは僕の中にいる！」まんまる頭はようやく気づきました。偉大な海に会うための旅の目的は、形のある神聖な存在を見つけることではなく、自分自身の中にいる穏やかな海の存在に気づくことだったのです。

その日以来、まんまる頭はどれほど苦しくつらいときでも、海の存在と愛がいつも自分とともにあると知って、海に対する感謝と結びつきを深く感じて暮らしました。

探求をやめてはいけない。
すべての探求が終わるとき、
私たちは出発した場所にたどり着き、
その場所を初めて知るだろう。
——T・S・エリオット（詩人）

ここまで読んでくれたみなさんへ。
あなたが愛と喜びに恵まれますように。
優しさと平穏に包まれますように。
旅の途上で恩寵によって導かれますように。
人生が目標と有意義な経験で満たされますように。

ヘミン・スニム

1973年生まれ。韓国の僧侶、教師、作家。アメリカのバークレー大学、ハーバード大学、プリンストン大学で学んだのち、韓国に戻って修行。その後、マサチューセッツにある大学で教壇に立つ。そののち、韓国で恋愛、結婚・離婚、病気、孤独、家族崩壊など、今の時代を生きるうえで困難を感じている人たちのためのスクールを開校。宗教に関係なく誰でも参加でき、教師や心理学者が集まってサポートしている。著書は30以上もの言語に翻訳され、世界で最も影響力のある禅僧の一人である。

疲《つか》れたこころの処《しょ》方《ほう》箋《せん》

禅《ぜん》思《し》考《こう》で毎日《まいにち》が楽《らく》になる

2025年2月26日　初版発行

著　ヘミン・スニム
発行者　山下　直久
発　行　株式会社KADOKAWA
〒102-8177　東京都千代田区富士見2-13-3
電話0570-002-301（ナビダイヤル）
印刷所　TOPPANクロレ株式会社
製本所　TOPPANクロレ株式会社

●お問い合わせ
https://www.kadokawa.co.jp/（「お問い合わせ」へお進みください）
※内容によっては、お答えできない場合があります。
※サポートは日本国内のみとさせていただきます。
※Japanese text only

定価はカバーに表示してあります。

ISBN 978-4-04-607472-0　C0098